나의 손끝에서 피어나는 국가유산

청소년국가유산지킴이의 이야기

나의 손끝에서 피어나는 국가유산

1판 1쇄 발행 2025년 12월 26일

지은이 서지훈

발행처 | 도서출판 해토
발행인 | 고찬규

신고번호 | 제2009-000194호
신고일자 | 2003년 4월 16일

주소 | (04029) 서울특별시 마포구 양화로 7길 84 영화빌딩 4층
전화 | 02-325-5676
팩스 | 02-333-5980

값은 표지에 있습니다.
ISBN 979-11-94110-11-8 (03810)

나의 손끝에서 피어나는 국가유산

청소년국가유산지킴이의 이야기

서지훈 지음

나의 이 경험이

청소년국가유산지킴이를 하려는 친구들에게

도움이 될 수 있기를 바라며.

차례

 **4장**

CIC - 작은 씨앗에서 공동체로

 **5장**

말과 실천, 그리고 울림 - 더 큰 지킴이로

추천사

　지훈이를 처음 만난 것은 2022년 지훈이가 9학년이었을 때였습니다. 그때부터 지금까지 지훈이의 성장을 4년 동안 지켜볼 수 있었던 것은 제게 참 감사한 일이 되었습니다.

　제가 지켜본 지훈이는 항상 결과보다 과정의 의미를 먼저 생각하는 학생이었습니다. CIC 활동을 통해 보여준 지훈이의 모습은 단순히 열심히 활동한 학생을 넘어, 자신이 속한 사회와 문화를 깊이 이해하고 값진 경험을 또래 학생들과 함께하고 싶다는 진지한 태도에서 비롯된 것이었습니다. 매 순간 '왜 이 활동을 하는가'를 스스로에게 묻고, 그 질문에 책임감 있게 답하려는 자세가 인상 깊었습니다.

　또한 수업시간에 지훈이는 어려움 앞에 포기하기보다는 늘 자신에게 주어진 과제를 어떻게 극복할 수 있는지 고민하며 문학에 대한 진지함과 열정을 보여준 학생이었습니다. 결과나 점수보다 자신의 노력과 변화에 뿌듯함을 느끼고, 그 과정을 주변과 나누며 기뻐하던 모습이 기억에 납니다.

　이 책에 담긴 기록들은 지훈이의 성장 이야기이자, 우리 국가의 소중한 유산을 바라보는 따뜻한 시선이기도 합니다. 지훈이가 걸어온 이 여정은 누군가에게는 작은 영감이 되고, 또 다른 청소년들에게는 자신만의 의미 있는 발걸음을 내딛는 용기가 될 것입니다.

　과목 교사이자 CIC의 지도교사로서 지훈이의 성실함과 진정성을 가까이에서 지켜볼 수 있었던 것은 큰 기쁨이었습니다. 이 책이 지훈이 자신에게도, 그리고 이 책을 읽는 모든 이에게도 오래도록 남는 소중한 기록이 되기를 진심으로 바랍니다.

장선주
(채드윅송도국제학교 고등학교 국어교사, 청소년국가유산지킴이 CIC 지도교사)

A touching and precious personal chronicle of a young man whom I have known since he started his journey in the Youth Cultural Corps as a teenage cultural commentator.

Just like a proverbial koi changes into a dragon after a journey of strife and unwavering determination, I saw a boy who was at first intimidated by plenty of gazes focused on him grow into a confident presenter, then a creative cultural commentator and cultural content maker, and finally, to a decisive cultural activity leader. He chose to invest his time and passion in culture: a road that is often ignored as it does not lead to as high income or livelihood as exact sciences. Yet without understanding and nurturing culture, the implosion of identity and humanity follows.

I hope that John's reflection and lessons from his own journey can serve as inspiration and a valuable success story to future generations who feel overwhelmed by the endless questions of "What path should I take?" "What is the goal of my life?", and to anyone who feels passion towards the Korean culture and history the way he does.

His determination and initiative in the face of challenges and occasional disappointments shows that success can be achieved by dedication, hard work, and using your creative spirit.

Alexander Gubo, Youth Activity Animator at YCC

프롤로그

우리가 물려받은 국가유산은 단순히 오래된 동상과 화려한 건물뿐만이 아닙니다. 그 낡고 녹슬은 문화재 하나하나에 누군가의 발걸음이, 손끝으로 쓸고 닦으며 쌓인 시간이, 그리고 어려운 상황 속에서도 필시 그것을 지켜야 한다는 조용하고도 굳건한 다짐이 있을 것입니다.

『나의 손끝에서 피어나는 국가유산』은 그 다짐에서 시작되었습니다.

탑골공원에서 빗자루를 들고, 경복궁을 포함한 다섯 궁을 오가며 먼지를 털고 설명을 준비하던 순간들 속에서도 국가유산은 제게 늘 새로이 말을 걸어왔습니다. 지금 우리의 노력과 마음이 고스란히 다음 세대의 기억이 된다는 것을, 언제나 현장에서 배웠습니다.

쉬운 길은 아니었습니다. 무더위 속 진행되는 게이트 플로깅, 기대에 미치지 못한 참여, 반복되는 시행착오가 있었습니다. 때로는 외롭고 흔들렸지만, 조금씩 일궈냈던 작은 실천들이 쌓여 자리를 만들고, 그 자리들에 저와 같은 마음을 지닌 사람들이 앉기 시작했습니다. 그 과정은 성과로도, 무엇보다 제가 걸어온 길이 맞다는 용기로도 돌아왔습니다.

그렇게 CIC가 만들어졌습니다. 이제 4년 차, 9학년부터 12학년까지 25명의 단원이 함께합니다. 매달 첫째 주 일요일엔 원각사 사회복지원에서 무료급식을 돕고, 탑골공원에서는 게이트 플로깅으로 하루를 엽니다. 누군가는 궁과 장소에대한 해설을 준비하고, 누군가는 기록과 디자인으로 국가유산을 전합니다. 저는 더 이상 혼자가 아니라, 다음을 이어갈 사람들과 나란히 걷고 있습니다.

이 책과 함께하는 컬러링북은 기록의 또 다른 형태입니다. 탑골공원과 경복궁, 다섯 궁에서 담아낸 장면들을 선으로 옮겼습니다. 그 위에 각자의 색을 얹어주세요. 손끝에서 피어나는 색은 과거를 현재로 불러오고, 현재를 미래로 건넵니다. 지키는 일은 거창하지 않아도 됩니다. 천천히, 정확하게, 그리고 꾸준히 이어져가는 아주 긴 마라톤과 같은 작업임을 더 많은 사람들이 알기를 바랍니다.

끝으로 이 여정의 길잡이가 되어주신 장선주 선생님, 알렉스 구보 선생님께 깊이 감사 인사를 드립니다. 그리고 함께 땀 흘리며 웃고 배우는 제 동아리의 모든 단원들에게도 고마움을 전합니다.

국가유산은 살아 있습니다. 직접 체험하고, 배우고 지키고자 하는 의지가 있어야 비로소 그 가치를 느낍니다. 이 책이 그런 경험과 마음을 전달할 수 있기를 진심으로 바랍니다.

서지훈

1장

나의 출발점
해설사가 되기까지

광화문 오른쪽 해태와 처마

광화문은 조선 왕조 법궁인 경복궁의 남쪽에 있는 정문으로, "임금의 큰 덕(德)이 온 나라를 비춘다"는 의미이다.

밑을 바라보는 동물 모양 돌조각

광화문과 홍제문을 지나 왕이 계시는 근정전을 가기 전 금천이 흐르는 영제교가
나오는데 그곳을 지키는 천록이라는 이 동물은 동서남북 물길을 바라보며 잡귀
로부터 궁궐을 수호하는 역할을 한다.

향원지 가운데에 있는 육각형의 정자

경복궁 내 향원정. 고종이 건청궁을 지을 때 새롭게 조성하였으며 조선후기 왕과 가족들의 휴식처로 이용된 향원지 가운데 섬 위에 세워진 육각형의 정자. 이 물은 경회루의 연지로 흘러가도록 되어 있다.

할아버지에 대한 기억

내가 기억하는 할아버지는 언제나 검소하고 진솔한 분이었다. 작은 것에도 감사할 줄 아셨고, 스스로를 과시하거나 드러내시는 법이 없었다. 김제 갯벌에서 시작한 삶은 척박했지만, 할아버지는 그 뿌리를 부끄러워하지 않고 묵묵히 성실하게 살아내셨다. 세상의 편견에 주눅 들지 않고, 오히려 그것을 단련의 기회로 삼으셨다.

할아버지는 집안의 막내라며
나를 예뻐하셨다.

할아버지께서는 가난한 환경 속에서도 근검절약을 몸에 새기셨고, 그것이 기업을 일으킬 수 있는 밑거름이 되었다. 그러나 사람들은 그를 단순히 '성공한 기업가'로만 기억하지 않는다. 회사를 이끌던 시절에도 해진 구두를 고쳐 신었고, 오래된 자동차를 아끼며 타셨다. 식사도 값비싼 만찬 대신 짜장면이나 소면 같은 소박한 음식을 나누셨다. 절약은 보여주기 위한 것이 아니라, 몸에 밴

습관이자 삶의 철학이었다.

　기업이 성장한 뒤에도 할아버지는 늘 고향을 향해 마음을 두셨다. 기부와 봉사를 통해 지역 사회를 도우셨고, 예술과 문화에도 애정을 쏟으셨다. 전시관을 운영하고 예술회관 리모델링에 힘을 보태셨으며, 공동체가 풍요로워지기를 바라셨다. 무엇보다도 '개땅새 정신'이라는 이름으로 과거의 상처였던 언어를 오히려 끈기와 자부심의 상징으로 남기시는 인간적인 지도자의 모습을 가진 분이셨다.

　할아버지 산소가 있는 김제를 갔을 때였다. 2015년 김제시예술문화센터 개관식에 함께했던 김제시청 관계자로부터 관련 일화를 들었다. 김제시예술문화센터 2층에 할아버지의 호를 따 이름을 붙인 '현죽유물전시관' 개관 때문에 그 직원이 할아버지와 만나게 되셨다. 어느 날은 슈퍼에 다녀오신 할아버지께서 검은 봉지에 담긴 꿀꽈배기와 자갈치 과자를 건네주셨다고 한다. 비록 값비싼 선물은 아니었지만, 담백한 진심이 담긴 순간이었고 10년이 지난 지금까지도 그때의 일이 잊혀지지 않는다고 말씀하셨다. 사람의 마음을 움직이는 건 값비싼 물건이 아닌 따뜻한 정이라는 것을 느낄 수 있었던 일화였다.

　또 다른 기억은 할아버지께서 세종마을 어가행렬에서 세종대왕으로 행차하시던 모습이다. 그 당시 할아버지의 세종대왕 역할은 단순히 행사 속 한 장면에 불과했을지 모른다. 지금도 그날을 떠올리면, 나는 자연스럽게 할아버지의 늠름하셨던 뒷모습을 기억한다. 왕의 복식을 입고 많은 사람들의 존경을 받으며 당당히 걸어가시던 모습, 그리고 그 뒤를 따르던 장엄한 행렬. 그것

은 단지 한 행사에서의 역할
이 아니었다. 나에게는 "역사
가 만나는 자리"였고, 역사가
살아 숨 쉬고 있다는 것을 알
게 해주었다. 그래서 그럴까.
나는 그날을 내 인생에서 특
별한 순간 중 하나로 기억하
고 있다.

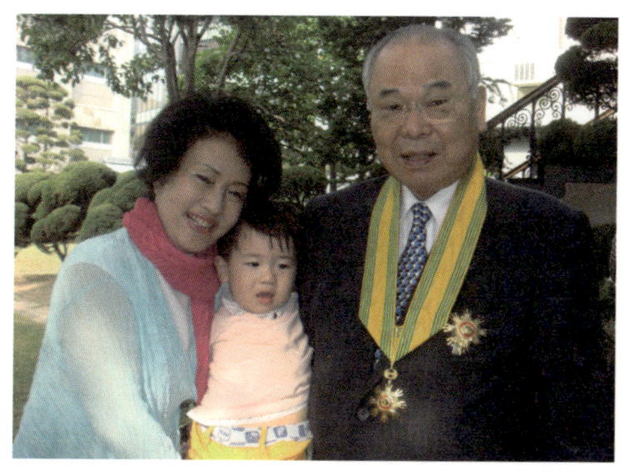

2008년 내가 한 살 때 국민훈장 모란장을 포상하셨다

　다섯 살 어린아이에게 그 장면은 역사를 현실로 끌어다 놓은 강렬한 체험
이었다. 아마 그때 이후였을 것이다. 내가 세종대왕에 관한 책을 찾아 읽기 시
작했고, 점차 다른 역사적 인물과 사건에도 흥미를 갖게 된 것이. 한 번의 경
험이 관심의 불씨가 되어, 내 학창 시절 내내 역사를 배우고 탐구하는 데 커
다란 동기가 되었던 것이다. 돌이켜보면 할아버지의 삶은 단순한 성공의 기
록이 아니었다.

　화려함보다는 진심으로, 과시보다는 나눔으로 사람들을 감동시키신 분.
검소함과 성실함으로 기업을 일구고, 고향과 사회를 위해 아낌없이 나누며,
결국 상처의 언어마저 긍지로 승화시킨 분. 그것이 내가 기억하는 할아버지
의 모습이다. 평소에는 검소한 삶을 살던 분이었지만, 그날만큼은 위엄 있는
군주의 모습으로 서 계셨던 나의 할아버지. 어린 나는 그 뒷모습에서 역사와
자부심을 함께 느꼈다.

내가 청소년문화유산 해설사가 된 이유

나는 왜 청소년문화유산 해설사가 되었을까. 그 시작은 한국사에 대한 아쉬움에서 비롯되었던 것으로 기억하고 있다. 국제학교에서 공부하다 보니 수학이나 영어, 문학은 풍부하게 배웠지만 정작 한국사를 배울 기회는 거의 없었다. 한국인으로 태어나 우리 역사를 잘 모른다는 사실은 나에게 큰 공백으로 남아 있었고, 언젠가는 나의 정체성도 흔들릴 것이라는 불안감을 주었다.

어머니는 나를 전시관과 궁궐 등에 자주 데리고 다니셨다.

그래서 스스로 한국사를 공부하기 시작했다. 처음엔 단순히 "한국인으로서 알아야 한다"는 의무감이 컸다. 그러나 삼국시대의 전쟁과 동맹, 고려와 몽골의 대립, 조선의 궁궐과 제도 같은 이야기를 접하면서 역사는 점차 흥미로 바뀌었다. 특히 직접 방문한 궁궐에서 책에서만 보던 이야기와 건축물을 연결했을 때, 역사는 내 삶과 이어진 생생한 현실로 다가왔다.

나는 그 과정에서 무언가 깨달았다. 역사는 교과서 속 문장이 아니라, 지금 내가 서 있는 땅과 삶과 연결된 이야기라는 것을 말이다. 그리고 그 이야기를 나누면 더 큰 의미가 생긴다는 것도 알게 되었다. 가족이나 친구에게 역사 이야기를 들려주었을 때 반짝이는 눈빛을 보며, 역사가 단순한 지식이 아니라 마음을 울리는 힘이 있는 어떤 것임을 느끼게 되었다.

할아버지는 근검절약을 실천하고 봉사재단을 만들어 어려운 이웃을 챙기셨다.

그때부터 나는 배운 것을 나 혼자만 품지 않고 세상에 전하고 싶었다. 해설사는 단순히 지식을 나열하는 사람이 아니라, 누군가에게 새로운 시각을 열어주고 그 속에서 자신 또한 더 깊이 뿌리를 확인하는 역할이었다. 외국에서 생활하며 자주 품었던 "나는 어디에 속한 사람일까?"라는 질문에 답을 주는 것도 결국 역사였다.

해설사가 되기 위한 과정은 쉽지 않았다. 단순히 연대와 역사적 사건을 외우는 것이 아니라, 맥락 속에서 이해하고 지금 우리의 삶과 연결해 이야기하는 훈련이 필요했다. 때로는 지루한 반복 학습이었지만, 그 과정을 통해 나는 역사를 단순 '지식'이 아닌, 살아 숨 쉬는 '이야기'로 받아들이게 되었다. 이야기가 입을 통해 전해질 때 비로소 살아 숨 쉰다는 사실을 알게 된 것이다.

그렇다. 내가 청소년문화유산 해설사가 된 이유는 단순히 흥미 때문이 아니었다. 그것은 한국인으로서의 정체성을 되찾는 여정이었고, 동시에 다른 이들과 나누며 함께 역사의 의미를 발견하는 과정이었다. 해설사 활동을 하며 알게 되었다. 역사를 공부하고 전하는 일은 과거를 되새기는 데 그치지 않는다. 그것은 오늘의 나를 이해하고 내일의 나를 만들어가는 과정이며, 누군가의 마음에 새로운 길을 열어줄 수 있는 소중한 경험이라고 할 수 있다.

청소년문화유산 해설사가 되는 길

청소년문화유산 해설사가 되면서 나는 인생에서 가장 값진 배움의 과정을 경험하게 되었다. 나는 역사를 배우기 위해 한 단체에 들어갔고, 내 나라의 이야기를 내가 잘 알아야 되겠다는 긍지를 가지고 청소년문화유산 해설사가 되기 위한 걸음을 진행하게 되었다.

처음 이 활동을 접했을 때는 그저 역사적 사실을 외우고 사람들 앞에서 말하는 것이라고만 생각했다. 일반적으로 나오는 연대와 사건들을 암기하고, 인물들의 이름을 나열하면 충분할 줄 알았다. 그러나 막상 발을 들여놓자, 내 생각을 부숴버리듯 했다. 그곳은 내가 생각했던 것과는 전혀 다른 세계였다.

무엇보다 내가 당황했었던 이유는 조선 5대 궁과 남산한옥마을 등 활동 지역의 시나리오를 모두 스스로 써 내려가야 했기 때문이다. 정해진 원고를 외우는 것이 아니라, 내가 직접 시나리오를 만들고 이야기를 구성해야 했다. 광화문 앞에서는 조선 건국의 의미와 시대적 변화 및 복원의 역사를 어떻게 풀어낼지 고민했다. 근정전에서는 즉위식의 장엄함과 정치적 상징성을, 그리고 경회루에서는 건축의 미학과 철학적 깊이를 어떻게 전달할지 끊임없이 다듬고 다듬었다. 단순한 해설자가 아니라 역사를 오늘의 이야기로 엮어내는 스토리텔러가 되어야 했다.

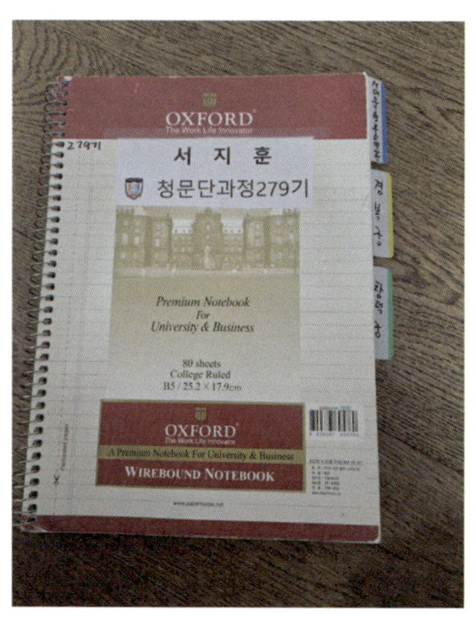
문화유산해설사 공부할 때 사용하던 공책

특히 영어 해설 과정은 내게 또 다른 도전이었다. 역사를 이야기하는 것은, 사실상 한국어로도 쉽지 않은 일이다. 그 이야기를 영어로 풀어내려면 단순한 번역을 넘어 배경지식이 없는 사람도 이해할 수 있도록 설명을 다시 짜야 했다. 거의 모든 국가유산은 고유명사라서 명칭 그대로 불린다. 예를 들어서 경복궁 내에 있는 '근정전'을 'Geunjeongjeon'이라 말하며, '부지런하게 정치하라'는 뜻으로 정도전이 이름을 지었다고 알려준다. 거기에 이곳은 정종, 세종, 세조 성종, 중종, 명종, 선조 7명 왕의 즉위식이 열린 곳으로 조선 왕조의 중심이라는 내용도 전달해야 한다. 이러한 과정을 통해 나는 익숙하다고 생각했던 사실들조차 다시 공부하고 새롭게 이해하게 되었다.

문화유산 해설사 훈련은 끝없는 반복과 수정의 연속이었다. 시나리오를 완성했다고 끝나는 것이 아니었다. 선생님과 서로들 앞에서 발표를 하면 문장 속에서 매끄럽지 않은 표현, 지루한 흐름, 정확하지 못한 해설까지. 다시금

나의 손끝에서 피어나는 국가유산

처음부터 새롭게 시작해야 했다. 선생님과 동료들의 피드백을 받아 고치고 또 고치면서, 역사는 단순히 '아는 것'이 아니라 '어떻게 전하느냐'에 달려 있다는 사실을 뼈저리게 배웠다.

엄격한 검증도 있었다. 발표가 끝나면 반드시 결과를 손으로 써서 온라인에 기록해야 했고, 모든 사람은 그 과정을 투명하게 공유했다. 누군가 부모님이 대신 쓴 글을 제출한 사실이 밝혀져 다시 처음부터 써야 하는 일도 있었다. 그 사건은 우리 모두에게 경각심을 주었고, 해설사의 길은 무엇보다 '진정성' 위에 서 있어야 한다는 교훈을 남겼던 사건으로 남았다.

처음에는 이런 과정이 내게는 버겁게만 느껴졌다. 하지만 시간이 흐르며 깨달았다. 단순히 외운 내용을 읊는 것은 그 순간 반짝 빛나는 기술일 뿐이라는 것을 말이다. 이 모든 것을 내 손으로 쓰고, 내 입으로 다듬어내야만 비로소 나의 이야기로 흡수될 수 있었다. 그때야 비로소 내 목소리는 청중의 마음에 닿을 수 있었다.

청소년문화유산 해설사가 된다는 것은 자격증 하나를 얻는 일이 아니었다. 한국의 역사를 나의 언어로 소화하고, 그 이야기를 다른 이들과 나누며 살아 있는 역사로 되살리는 경험이었다. 광화문 돌기둥 앞에서, 근정전 계단 위에서, 그리고 경회루의 누각 앞에서 나는 단순한 학생이 아닌, 역사를 오늘로 불러내는 작은 전달자가 되었다.

이 경험은 내게 배움의 본질을 가르쳐 주었다. 진짜 배움은 지식을 쌓는 데서 끝나는 것이 아니라, 그것을 나만의 언어로 바꾸고 다른 이와 나누는 과정에서 완성된다는 것. 해설사로서의 시간은 나에게 있어 나의 뿌리를 확인

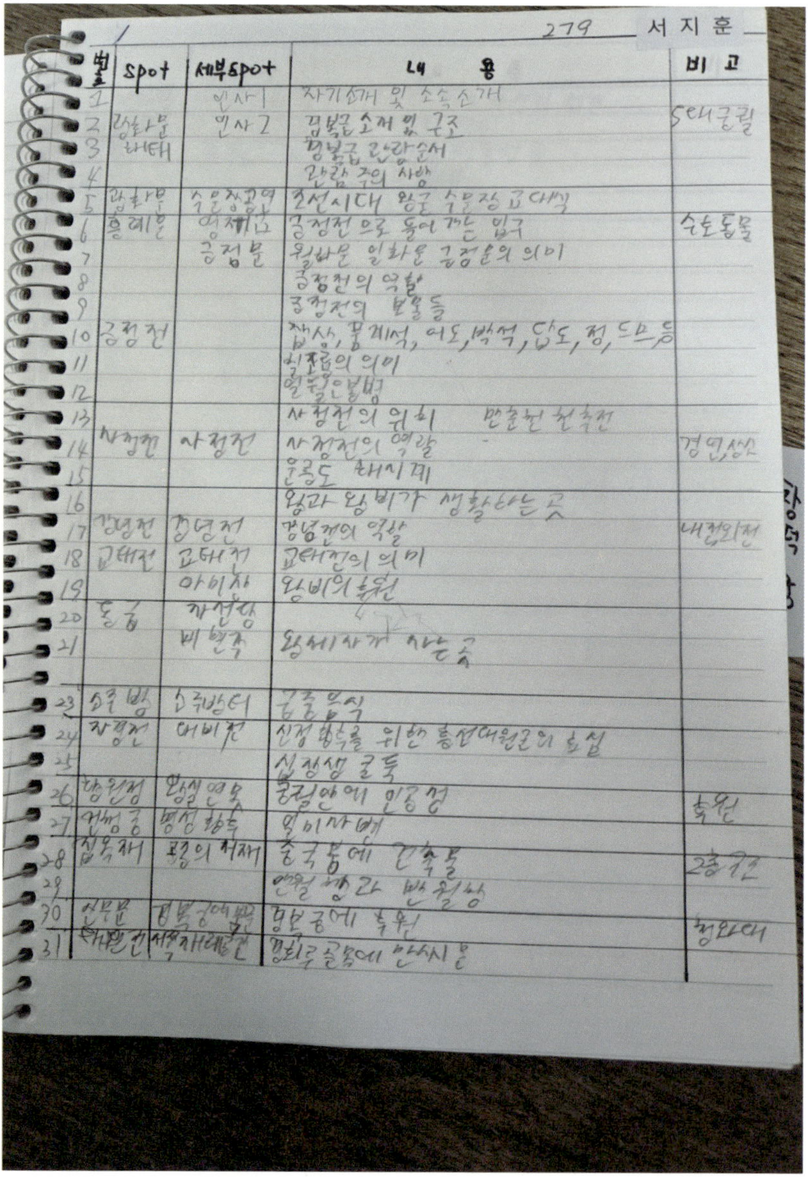

번호	spot	세부spot	내　　용	비 고
1		인사1	자기소개 및 소속소개	
2	광화문	인사2	경복궁 소재 및 구조	5대궁궐
3	대해		경복궁 관람순서	
4			관람 주의 사항	
5	광화문	수문장교대	조선시대 왕궁 수문장교대식	
6	흥례문	영제교	근정전으로 들어가는 입구	수로동물
7		근정문	월화문 일화문 근정문의 의미	
8			근정전의 역할	
9			근정전의 볼거리들	
10	근정전		행사, 품계석, 어도, 박석, 답도, 정 드므 등	
11			치조의 의미	
12			열리는방법	
13			사정전의 원리　　만들어진 건축전	
14	사정전	사정전	사정전의 역할	경연실
15			운룡도 해치게	
16			왕과 왕비가 생활하는곳	
17	강녕전	강녕전	강녕전의 역할	내전외전
18	교태전	교태전	교태전의 의미	
19		아미산	왕비의 후원	
20	동궁	자선당		
21		비현각	왕세자가 사는곳	
23	수라방	수라방터	음식 모시	
24	자경전	대비전	신정황후를 위한 흥선대원군의 효심	
25			십장생 굴뚝	
26	향원정	향원정	궁궐안에 연못정	후원
27	건청궁	향원 향동	왕비자배	
28	집옥재	왕의 서재	중국풍에 건축물	2층건물
29			연결통로 빼오림	
30	신무문	경복궁여행	경복궁에 후원	청와대
31	태원전	선원재례전	명퇴로 궁에 만사시	

문화유산 해설을 위한 시나리오 작성

나의 손끝에서 피어나는 국가유산

하고, 한국인으로서의 정체성을 더욱 단단히 붙잡게 만든 소중한 여정이라고 볼 수 있었다.

　그렇기에 내가 청소년문화유산 해설사가 된 이유는 한국사에 대한 단순한 흥미 때문만은 결코 아니라는 것을 알 수 있을 것이다. 그것은 곧 나 자신을 찾는 여정이었다. 국제학교에서 자라며 상대적으로 부족했던 '한국인으로서의 정체성'을 회복하는 과정이었고, 동시에 내가 속한 세대에게 역사를 어떻게 전해야 할지 고민하는 시간이기도 했다. 외국에서 생활할수록 "나는 어디에 속한 사람일까?"라는 질문이 자주 떠올랐고, 그 질문에 답을 주는 것은 언제나 역사였다.

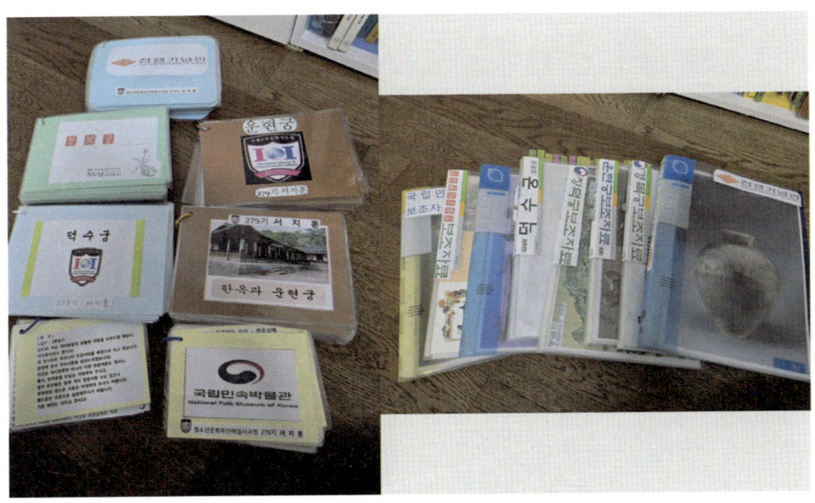

(왼쪽) 해설사 과정 중 공부한 내용. (오른쪽) 해설사 과정 보조 책자

　나는 해설사 활동을 통해 알게 되었다. 한국사를 공부하고 전하는 일은 단순히 과거를 되새기는 작업이 아니다. 그것은 오늘의 나를 규정하고, 내일의 나를 만들어가는 과정이다. 내가 해설사가 되어 전한 한마디가 누군가에게는 새로운 시각을 열어줄 수 있다. 또 다른 누군가에게는 자신을 돌아보게 하는 계기가 될 수도 있다. 이렇듯 역사라는 것은 단지 과거의 기록이 아니라, 현재를 비추는 거울이자 미래를 열어가는 열쇠다.

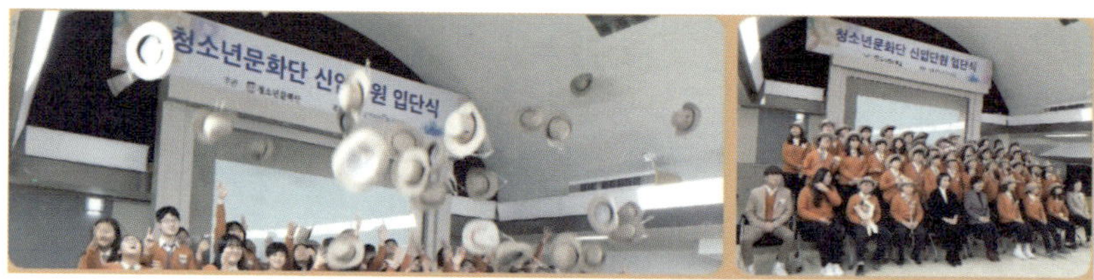

사진에 왼쪽 젤 키 큰 친구가 나

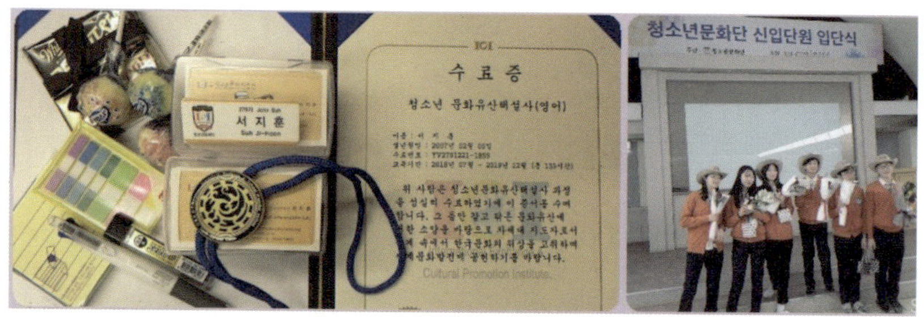

수료증 사진,
청소년 문화유산해설사(영어 해설사) 수료 날. 139시간 이수

나의 손끝에서 피어나는 국가유산

청소년문화유산 해설사, 이제는 실전이다

청소년문화유산 해설사 과정을 수료한 뒤, 나는 드디어 현장에 나설 수 있었다. 교실 안에서 준비하던 연습과 달리, 실제 경복궁 앞에서 사람들을 맞이해야 한다는 사실은 큰 설렘과 긴장을 동시에 안겨주었다. 사실상 공식적으로 해설사가 배치되는 구조가 아니었기에, 우리는 스스로 자리를 잡아야 했다. 토요일과 일요일 경복궁역 4번 출구 앞에 모여 테이블을 놓고, 지나가는 외국인들에게 무료로 한국 문화를 설명했다. 진짜 시작이었다.

처음에는 두려움이 앞섰다. 청소년인 내가 영어로 해설을 하겠다고 나서는 것을 진지하게 받아들여 줄까? 외국인들이 '저 아이들을 믿을 수 있을까?'라는 의심의 눈빛을 던지지 않을까? 이런 걱정이 나의 발목을 붙잡았다.

"We are youth volunteers and cultural heritage interpreters. This is a free program that introduces Korean history.(우리는 청소년 자원봉사자이자 문화유산 통역사입니다. 한국 역사를 소개하는 무료 프로그램입니다.)"

첫 해설사 활동을 하며 만난 외국인 가족. 좋은 출발이 되었다.

하지만 뭐든지 처음이 어려운 법이다. 몇 번 용기를 내어 말을 걸었고, 실제로 외국인 관광객들이 웃으며 질문을 던지는 순간, 두려움은 눈 녹듯 조금씩 사라졌다. 어느 순간부터 처음 나온 후배들 매칭을 도와주는 여유가 생기기도 했다. 광화문 앞에서 첫 문장을 꺼냈을 때의 떨림은 지금도 선명하다.

"This is Gwanghwamun, the main gate of Gyeongbokgung Palace….
(경복궁의 정문인 광화문입니다….)"

내 목소리는 긴장으로 인해 흔들렸지만, 동시에 묘한 전율이 온몸을 스쳤다. 내 입에서 나온 말이 7명의 미국인 가족들의 시선을 사로잡았다. 내 입에서 나온 이야기가 그들의 상상 속에 왕의 즉위식과 신하들의 절차가 살아나

나의 손끝에서 피어나는 국가유산

게 하는 것을 느꼈다. 근정전 앞에서 왕의 정치와 의례를 설명할 때, 경회루 연못가에서 건축과 자연의 조화를 풀어내며 '흥청망청'의 유래에 대해 설명할 때, 나는 비로소 역사를 현실로 불러내는 전달자가 되었다.

나의 해설은 시나리오 속 글자가 아니라 살아 숨 쉬는 언어가 되어 과거와 현재를 연결하고 있었다. 이런 나의 해설을 듣고 관광객들은 생각보다 많은 질문을 던졌다.

"Why was this palace destroyed and rebuilt?(이 궁은 왜 파괴되고 재건되었나요?)"

"Why is this building higher than the others?(이 건물이 다른 건물들보다 높은 이유는 무엇인가요?)"

그들의 입에서 예상치 못한 질문이 쏟아질 때마다 나는 준비해 온 내용을 넘어, 한국 역사 속 맥락을 즉석에서 풀어내야 했다. 때로는 답하지 못하는 질문도 있었지만, 그것은 부끄러움이 아니라 새로운 공부의 동기가 되었다. 무엇보다 외국인들은 우리가 자원봉사로 해설사 활동을 하고 있다는 사실에 놀라워하며 고마움을 전했다.

"It's amazing that young students like you are volunteering to share your culture.(당신과 같은 젊은 학생들이 자신의 문화를 공유하기 위해 자원봉사를 한다는 사실이 놀랍습니다.)"

창덕궁 해설을 끝내고 교복 입은 친구들과 찍은 사진

그 말은 내게 큰 자부심을 주었다. 단순히 학생이 아니라 한국 문화를 세계와 잇는 작은 다리가 되는 민간 외교관이 되는 것 같은 느낌을 받았다.

이후 활동은 경복궁을 넘어 창덕궁, 창경궁, 남산한옥마을로 이어졌다. 장소가 달라질 때마다 새로운 이야기를 준비해야 했다. 유네스코 세계유산의 의미, 궁궐의 아픈 역사, 한옥에 담긴 각기 다른 생활문화 등의 다른 주제를

나의 손끝에서 피어나는 국가유산

다시 공부해야 했다. 현장은 늘 예측할 수 없는 질문과 새로운 만남으로 가득했다.

창덕궁 후원에 들어섰을 때, 이곳이 단순 정원이라는 설명으로는 부족함을 느꼈다. 나는 이들에게 자연을 거스르지 않고 그대로 품으려 한 조선의 정원 철학을 어떻게 전할지 고민해야 했다. 창경궁은 한때 동물원이 들어서며 훼손되었던 가슴 아픈 역사를 외국인들이 이해할 수 있도록 풀어내려 고민하기도 했다.

경복궁 교태전 원길헌에서 도슨트하는 모습

　　남산한옥마을은 단순한 구조가 아닌 다섯 채의 건물 하나하나를 뜯어낸
후 그대로 옮겨와 복원한 조선시대 전통 가옥의 면모와 온돌과 정원 등 공간
적 의미를 설명해야 했다. 이렇게 장소마다 다른 이야기를 준비하면서 나는
내가 전하고자 하는 것. 단순한 지식의 나열이 아닌, 그 공간이 지닌 정체성
과 역사적 맥락이라는 사실을 더 분명히 알게 되었다.

　　그 속에서 나는 더욱 단단한 해설사로 성장했다. 돌아보면, 청소년문화유
산 해설사가 된다는 것은 자격증을 얻는 일이 아니었다. 책 속에 있는 지식을
내 언어로 바꾸고, 낯선 사람과 나누며 살아 있는 역사로 되살리는 과정이었
다. 나는 현장에서 배웠다. 배움은 혼자 쌓는 것이 아니라, 함께 나눌 때 비로
소 완성된다는 것을. 그리고 그 순간마다 나는 한국인으로서의 뿌리를 더욱
굳건히 붙잡을 수 있었다.

2장

지킴이로 가는 길
코로나, 탑골공원, 그리고 새로운 실천

희정당 입구

1920년 복원 때 고종의 자동차가 드나드는 구조로 바뀌었다.

낙선재

1847년에 헌종의 서재 겸 휴식을 취하는 공간으로 지어졌고 황족들이 마지막을 보낸 곳으로 유명하다. 마지막 황후인 순정효황후(1894(음)~1966), 의민황태자의 부인 이방자 여사(1901~1989), 고종이 아끼던 딸 덕혜옹주(1912~1989) 역시 1962년 일본에서 낙선재로 돌아와 여생을 보냈으며, 1989년 사망했다.

네? 청소년국가유산지킴이요?

청소년문화유산 해설사로 활동하던 어느 날, 나와 함께 활동하던 알렉스 선생님이 내게 새로운 제안을 하셨다.

"너라면 청소년국가유산지킴이 활동도 잘할 수 있을 것 같아. 한번 해보는 게 어떠니?"

처음 제안을 받았을 때, 제법 부담스러웠다. 해설사 활동만으로도 벅찼고, 새로운 활동을 시작하는 것이 과연 가능할까? 하는 두려움 역시 앞섰기 때문이다. 그러나 곱씹을수록 선생님의 말씀은 내 마음에 남았다. 해설사가 역사를 알리는 역할이라면, 지킴이는 역사를 보호하고 찾아내며 홍보하는 역할이었다. 역사를 단순히 말로 설명하는 것만으로는 부족하다. 아무리 많은 사람이 이야기를 들어도, 정작 문화유산이 방치된다면 의미는 퇴색되고 만다. 나는 스스로에게 물었다.

'우리 모두의 광장, 탑골공원!' 행사. 탑골공원은 우리나라 독립운동의 시작점이다.

"나는 알리기만 할 것인가, 아니면 지켜낼 것인가?"

그 답은 오래 걸리지 않았다. 해설사가 나를 한 단계 성장시켰듯, 지킴이의 경험은 또 다른 길을 열어줄 거라는 확신이 들었다. 그렇게 시작된 나의 무대는 다름 아닌 탑골공원이었다.

역사책 속에서 배운 탑골공원이란 3·1운동의 성지이자 국보와 보물이 서 있는 역사적 현장이다. 그러나 내가 처음 마주한 현실은 충격 그 자체였다. 공원 입구에는 술 냄새가 진동했고, 노숙인들이 국가유산 곁에 누워 있었으며, 곳곳에 쓰레기가 널려 있었다. 역사의 성지라 믿고 찾은 공간은 방치와 무관심 속에 초라하게 변해 있다니. 순간 두려움이 몰려오기 시작했다.

"과연 내가 이런 곳에서 활동할 수 있을까?"

하지만 곧 깨달았다. 바로 이러한 모습 때문에 '지킴이'라는 역할이 필요하다는 사실을. 잘 관리된 궁궐이나 전시관에서 역사를 전하는 일도 중요하지만, 잊혀지고 방치된 공간에 역사의 의미를 되살리는 일이야말로 진짜 지킴이의 몫이었다.

나는 가장 작은 일부터 시작했다. 쓰레기를 주워 담고 벤치를 닦고, 안내판의 먼지를 털어냈다. 내 노력이 헛된 일이 아니라는 것을 알려주듯, 탑골공원이 조금씩 달라졌다. 그 모습을 보며 나는 이곳이 다시 역사의 얼굴을 찾아간다는 확신이 생겼다. 그와 동시에 사람들에게 탑골공원의 가치를 알리기 시작했다.

"이곳에서 3·1운동의 만세 함성이 울려 퍼졌습니다."

처음에는 무심히 지나치던 이들도 있었지만, 몇몇은 발걸음을 멈추고 내 이야기에 귀를 기울였다. 그리고 이내 고개를 끄덕이며 말했다.

"나이도 어린데 우리가 잊고 있는 걸 깨우치게 해줘서 고맙네."

비록 짧은 한마디였지만, 내게는 무엇과도 바꿀 수 없는 보람으로 다가왔다. 영상을 만들어 유튜브에 올리면서 탑공공원을 보살피겠다는 나와의 다짐을 꾸준히 이어나갔다. 그렇게 제일 먼저 나부터 탑골공원을 바라보는 시선이 달라졌다. 쓰레기와 혼잡 너머에 있는 여전히 살아 있는 역사의 숨결을 느낄 수 있었다.

사실 돌이켜보면, 내가 지킴이 활동을 시작한 것은 선생님의 단순한 권유 때문만은 아니었던 것 같다. 탑골공원에서 마주한 현실. 그것이 나를 움직였다고 할 수 있었다. 웅장한 역사의 현장이 무관심 속에 잊혀가는 모습을 보고, 나는 스스로 결심할 수밖에 없었다. 역사를 배우는 것만으로는 충분하지 않다. 역사가 오늘도 살아 있도록 지켜내는 일이 필요했다.

탑골공원에서 마주한 첫인상은 충격이었지만, 동시에 나를 더 단단하게 만드는 계기가 되었다. 깨끗하게 정리된 공간에서 역사를 이야기하는 것은 누구라도 할 수 있는 일이다. 그러나 쓰레기로 가득한 냄새와 혼잡함, 무관심이 뒤엉킨 공간 속에서 역사적 의미를 다시 발견하고 사람들에게 알려주는 일. 그것이야말로 훨씬 더 큰 용기와 의지가 필요한 일이었다.

탑골공원 팔각정에서 클라리넷 연주. 공원의 환경정화와 분위기 쇄신을 위해 음악회를 개최했다.

"이토록 소중한 역사가 사람들의 기억 속에서 이렇게까지 잊히고 마는 걸까?"

이런 질문이 내 안에서 계속 맴돌았다. 그 순간 나는 깨달았다. 내가 해설사로서 전해왔던 역사 이야기는 단지 과거의 기록이 아니라, 지금 여기에서 지켜내야 할 살아 있는 현실이라는 사실을.

만약 그때 내가 제안을 거절한 채 등을 돌리고 돌아섰더라면, 나는 여전히 역사를 책 속의 글자로만 배웠을 것이다. 교과서의 문장과 시험 문제의 정답으로만 역사를 이해했을지도 모른다. 하지만 나는 그곳에 발을 들였고, 눈앞의 현실과 마주했다. 그리고 그 속에서 스스로 지켜야 할 이유를 찾았다. 역사를 배우는 것만으로는 충분하지 않았다. 역사가 지금 이 순간에도 퇴색되지 않도록 지켜내는 것. 그것이 바로 내 몫이라는 사실을 깨달았다.

그 결심은 나를 조금 더 단단하게 만들었다. 작은 봉사로 시작한 일들이 어느새 나를 책임 있는 사람으로 성장시켰다. 나는 더 이상 역사를 이야기하는 해설사가 아니라, 문화유산을 '지켜내는 사람'이라는 정체성이 생겼다. 탑골공원 안에 있는 벤치를 닦던 순간, 쓰레기를 치우던 순간, 그리고 어르신들에게 국가유산을 설명하는 순간들 모두 내게 배움이자 다짐이었다.

내게 있어서 청소년국가유산지킴이 활동은 단순한 경험 그 이상이었다. 그것은 내가 무엇을 지켜야 하는지를 분명히 깨닫게 해준 길이었기 때문이다. 과거의 역사를 외면하지 않고, 현재의 무관심 속에서도 그 가치를 되살리려는 노력이 쌓이고 쌓여 오늘의 나를 만들었다. 나는 여전히 학생이지만, 그 경험 덕분에 역사를 바라보는 눈은 한층 성숙해졌다.

그 후로 나는 해설사에서 지킴이로 한 걸음 더 나아갔다. 몇몇 곳의 환경정화와 짧은 설명, 몇 마디 대화가 모여 탑골공원의 가치를 되살렸다. 그 경험은 나를 더 단단하게 만들었고, 역사를 바라보는 눈을 한층 성숙하게 했다. 나는 청소년이라는 신분을 벗어던졌다. 역사를 알리는 사람을 넘어 지켜내는 사람으로 살아가야 한다는 사명을 품게 되었다.

코로나라는 멈춤 속 작은 전환점

도시가 멈췄다. 셔터 내린 상점들과 비어 있는 길, 그리고 바람만 스쳐 지나가는 벤치. 탑골공원도 예외가 아니었다. 삼일문을 드나들던 발걸음과 목소리가 사라지자, 공원은 마치 시간에서 분리된 하나의 섬처럼 고요해졌다.

그런데 이상했다. 모든 것이 문을 닫던 그때, 청소년국가유산지킴이로 활동하던 우리에게는 탑골공원의 문이 활짝 열려 있었기 때문이다. 처음엔 이해가 되지 않았다. 하지만 곧 깨달았다. 방문객이 사라져도 국가유산은 여전히 사람들의 돌봄이 필요하다는 사실을. 사람이 끊긴 자리에는 더욱더 빠르게 먼지와 무관심이 쌓인다는 것을 말이다.

조용해진 탑골공원은 낯설 만큼 선명하게 내게 다가왔다. 원각사지 10층 석탑을 거대한 유리 상자에 숨어들게 만든 석탑의 세밀한 조각과 손병희 동상, 한용운 선생 기념비의 굳은 표정. 그리고 삼일문 앞 돌바닥에 스민 시간의 결까지. 주변의 모든 소란이 사라지자 오히려 역사의 목소리가 커졌음을 느꼈다. 나는 그 소리 한가운데 서서 가만히 귀를 기울이며 생각했다. "지킨다"라는 것이 과거를 기념하는 일이 아니라 현재의 시간과 기억을 붙드는 일이라는 것. 나는 그 속에서 처음으로 뼛속까지 이해하는 시간을 갖게 되었다.

나는 코로나 방역 수칙을 지키며 한 달에 두 번 공원으로 향했다. 텅 빈 삼일문 안을 걸어 들어갈 때면, 도시의 심장이 잠시 멈춘 듯한 느낌을 받았다.

우리 국가유산과 문화를 SNS로 알리는 활동을 벌였다.

나의 손끝에서 피어나는 국가유산

내가 해야 할 일은 거창하지 않은 일이었다. 쓰레기를 주우며 환경정화를 하고, 벤치와 화단을 정리하고, 안내판의 먼지를 닦았다.

물론 처음엔 장갑을 낀 손이 낯설어 망설였지만, 몇 번 움직이기 시작하자 그 손놀림은 자연스러워졌다. 비어 있던 쓰레기봉투가 묵직해질 때마다 공원의 표정도 조금씩 돌아왔다. 그 후에 한 일은 '대한 독립 만세' 소리가 울려 퍼지던 팔각정의 단아함과 원각사지 10층 석탑의 비석. 그리고 3·1운동 기념 벽화와 만해 한용운 동상 등을 소개하고 알리는 영상을 찍고 유튜브에 올리는 작업이었다.

나 혼자서, 종종 알렉스 선생님과 몇몇 아이들이 함께했다. 한쪽 끝에서 길을 따라 걸으며 쓰레기를 주우면, 어느새 길이 반듯해지고 벤치가 제 모습을 찾았다. 끝없이 낙엽이 내려앉아도 다시 쓸고 또 쓸었다. 그 반복된 행위는 전혀 지루하지 않았다. 오히려 단순함 속에서 묘한 평온을 느꼈다.

코로나가 끝난 어느 날. 탑골공원의 깨끗해진 벤치에 앉아 햇살을 즐기는 어르신들을 볼 수 있었다. 평화롭게 내리쬐는 햇살 아래 어르신들의 그 모습은 그 어떤 상장이나 점수로는 느낄 수 없는, 오로지 내가 내 손으로 직접 만든 성취의 감각이었다.

변화는 미세했지만 확실했다. 예전에는 악취와 쓰레기 때문에 공원 안쪽으로 들어오길 꺼리던 분들이 천천히 산책을 즐기기 시작했다. 깨끗해진 공간 앞에서 사람들의 태도도 달라졌다.

코로나로 문이 닫힌 탑골공원에 들어가 우리는 환경을 정화하는데 집중했고, 그 사이에 최소의 인원인 우리의 손끝에서 최고의 성과를 이루어냈다.

물론 여전히 어르신들이 그 자리를 지키고 계셨다. 하지만 예전처럼 무질서하게 행동하거나, 이유 없이 큰소리를 내거나, 지나가는 사람들에게 함부로 말을 던지는 모습은 거의 사라지고 없었다. 깨끗하게 정리된 공간은 그분들의 태도마저 달라지게 했다. 공간이 바뀌면 분위기가 바뀌고, 분위기가 바뀌면 사람도 바뀐다는 사실. 나는 그것을 직접 두 눈으로 확인했다.

변화는 공원 이용자들의 표정에서 먼저 나타났다. 가족 단위의 방문객이 아이 손을 잡고 산책했고, 어르신들은 나무 그늘 아래에 모여 담소를 나눴다. 다시 발걸음을 옮긴 관광객들은 공원의 구석구석을 사진에 담았다. 더불어 외국인 관광객들도 보이기 시작했다. 나는 그 풍경을 보며 뿌듯함과 책임감을 동시에 느꼈다. 깨끗해진 한 자리가 사람들의 마음을 열었고, 그 마음이 또 다른 자리를 깨끗하게 하는 선순환이 시작되고 있었다.

코로나는 세상을 멈춘 거대한 재난이었지만 탑골공원에는 작은 전환점의 시작이기도 했다. 발길이 끊긴 고요는 방치의 시간이 될 수도 있었고, 정비의 시간이 될 수도 있었다. 우리는 후자를 선택함으로써 변화시키기 시작했다. 벤치의 먼지를 닦고 안내판을 반짝이게 하는 사소한 행위가 '지킴'의 정의를

나의 손끝에서 피어나는 국가유산

다시 썼다.

청소년국가유산지킴이라는 이름이 해설사의 연장선에 머무르지 않는다는 것도 그때 알게 되었다. 진짜 지킴이란 역사적인 공간을 직접 가꾸고, 잊혀 가는 장소의 의미를 다시 사람 앞에 세우는 사람이다.

특히 탑골공원은 내 기억에 오래 남았다. 교과서 속 3·1운동의 현장은 현실에선 노숙과 쓰레기, 냄새로 가려져 있었다. 하지만 관심과 손길이 더해질 때마다 공원은 다시 그때의 역사적 얼굴을 찾았다. 벤치에 앉은 어르신들이 안도하는 모습, 새로이 발걸음을 옮긴 가족들의 웃음 속에서 나는 공간의 회복을 지켜보았다. 그것은 단지 치워진 풍경이 아니라, 바뀐 마음의 지형도였다.

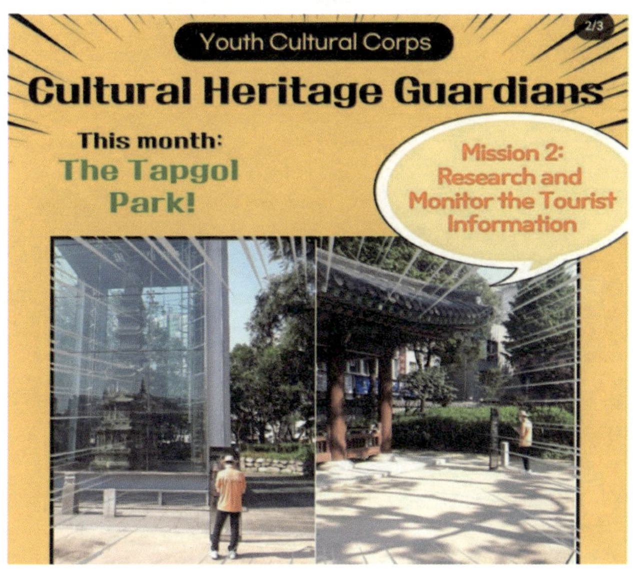

탑골공원을 홍보하기 위해 영상을 찍고 공원 내 국가유산을 소개했다.

그 시간은 나를 단단하게 만들기에 충분했다. '지킨다'라는 말의 무게와 가치가 몸에 새겨졌다. 교과서 속 역사는 발밑의 돌바닥과 이어졌고, 내가 주워 담은 캔 하나가 그 역사에 다시 숨을 불어넣었다. 역사는 기록이 아니라, 오늘 우리가 어떻게 지키고 살아내느냐에 따라 달라진다는 사실. 그 깨달음이 이 시기의 가장 큰 선물이었다.

지금도 눈을 감으면 그날의 공기가 떠오르곤 한다. 코끝을 찌르던 냄새, 고

좋아요 25개
ycc_officials #탑골공원#ycc
댓글 1개 보기
2022년 9월 17일

탑골공원 내의 국가유산과 환경에 대해 모니터닝을 하고, 상황을 알리는 등의 지속적인 노력으로 변화가 시작되었다고 자부한다.

요를 가르는 바람 소리, 차갑게 식은 돌바닥 위에서 몸을 숙이던 나. 작은 순간들이 모여 나를 만들었다. 나는 아직 학생이지만, 그 고요 속에서 배운 것만은 교실에서 배운 어떤 지식보다 깊었다. 멈춘 세계가 내게 건넨 작은 기회. 그 덕분에 나는 '알리는 사람'을 넘어, '지켜내는 사람'으로 한 발 더 나아갈 수 있었다.

해설에서 실천으로

해설만 하고 돌아오는 날들이 이어지자, 나는 스스로에게 물었다.

"말로만 알리는 것에서 한 걸음 더 나아가, 행동으로 문화유산을 지킬 수는 없을까?"

그 물음 끝에서 떠오른 답이 '게이트 플로깅'이었다. 게이트 플로깅이란 북유럽의 플로깅(plogging, 줍기+조깅의 합성어)에 역사 해설을 결합한 단어로, 걷고 설명하고 치우는 활동. 과거를 배우는 동시에 현재의 공간을 가다듬는 실험이었다.

그렇게 게이트 플로깅이 탄생하게 되었다.

내가 게이트 플로깅의 출발점을 탑골공원으로 삼은 건 바로 이곳이 가진 상징성 때문이었다. 한국 정부에서 조성한 최초의 근대적 공원이자 3·1운동

나의 손끝에서 피어나는 국가유산

게이트 플로깅이라는 새로운 개념을 만들어 더 많은 사람들과 국가유산 주변을 해설해주고 환경정화하며 손끝에서 피어나는 지킴이 활동을 실천하는 계기가 되었다.

의 발상지. 국보 원각사지 10층 석탑과 보물급 문화재가 모여 있지만, 오랫동안 무관심과 어수선함이 켜켜이 쌓인 곳. 탑골공원을 시작으로 승동교회, 회화나무, 천도교중앙대교당 등을 돌며 국가유산을 해설하고 동시에 환경정화까지 하는 게이트 플로깅은 흥인지문까지 동선을 확장했다. 3시간 남짓 시간. 집게와 봉투를 들고 쓰레기를 주우며, 발걸음에 맞춰 해설을 얹었다.

우리가 주운 것은 쓰레기지만, 사실 되찾은 것은 그 공간의 얼굴이었다. 우리는 석탑 앞에 서면 조각의 결을 이야기하고, 동상 앞에선 만해의 시와 사상을 나눴다. 그와 동시에 손은 쓰레기를 집었고, 눈과 입으로는 앞에 있는 문화유산을 소개했다. 그 순간 청소는 단순한 정리가 아니라, 역사 앞의 예우가 되었다. 걷는 내내 우리는 서로에게 물었다.

게이트 플로깅은 흥인지문까지 확대했다.

"왜 이 공간이 방치되었을까?"
"사람들의 인식을 어떻게 바꿀 수 있을까?"

그 대화는 플로깅을 일과에서 학습과 기획으로 바꾸었다. 작은 휴지 조각 하나를 봉투에 넣을 때마다, 나는 속으로 되뇌었다. *지금, 나는 과거와 현재를 동시에 지키고 있다고.*

작은 나비의 날개가 큰 태풍을 일으키듯

주중과 주말을 거듭하며 지킴이 활동을 계속할수록 탑골공원의 표정은 계속해서 바뀌었다. 그냥 지나치던 국가유산이 사람들 눈에 들어오기 시작한 것이다. 깨끗해진 길 앞에서 사람들의 태도도 달라졌다. 무심코 쓰레기를 버리던 손길이 머뭇거렸고, 망설이던 발걸음이 공원 안쪽으로 깊숙이 들어왔다. 그러던 어느 날 누군가 말했다.

"이제는 주울 쓰레기가 없을 정도네요."

처음 산더미 같던 쓰레기를 떠올리며, 나는 깨달았다. 작은 실천은 결코 작은 결과로 끝나지 않는다는 것을.

자발적으로 시작한 시도는 곧 프로그램이 되었다.

'역사와 환경을 묶은 새로운 시민 실천'이라는 평가와 함께 청소년문화단

에서도 관심을 보였고, 함께 걷는 청소년들이 늘었다. 게이트 플로깅은 탑골공원을 넘어 흥인지문으로도 활동을 확장해 나갔다. 흥인지문 게이트 플로깅은 혜화문부터 시작해 한양도성 성곽을 지나 흥인지문까지 동선으로 몸은 피곤했지만, 마음은 오히려 가벼워졌다. 내가 발로 걸어 만든 배움은 책으로는 얻을 수 없는 종류였다.

한번은 씨티은행 임직원 100여 명의 참여가 있었다. '지역 사회 공헌의 날' 행사로 봉사를 한 날, 어른들 앞에 선 나는 손에 쥔 원고를 한 번 더 확인하고, 떨리는 목소리로 시작했다.

"이곳은 탑골공원입니다. 3·1운동의 만세가 울려 퍼진 자리이자, 원각사지 10층 석탑이 지켜온 시간의 현장입니다."

고개를 끄덕이며 메모를 하는 사람들과 진지하게 손을 드는 질문을 던지는 사람들. 나의 해설은 곧 그들의 공감이 되었고, 그 공감은 곧 행동으로 이어졌다. 파란색으로 맞춰 입은 임직원들이 봉투와 집게를 들고 탑골공원 구석구석을 함께 정리했다. 나이도 직급도 달랐지만, 그날 우리를 묶은 건 같은 목표였다. 깨끗하게 정돈된 길 위로 번지던 미소들을 보며, 나는 한 사람의 목소리가 공동의 실천으로 커질 수 있음을 처음 실감했다. 활동을 마치며 몇몇이 다가와 말했다.

"한국의 역사를 배우고 직접 몸으로 참여할 수 있어 뜻깊은 시간이었습니다."

나의 손끝에서 피어나는 국가유산

탑골공원 게이프 플로깅 중 팔각정 해설 앞에서 찍은 사진.
자발적인 나의 노력은 모두의 동참을 이끌어냈다.

한국씨티은행, '씨티 글로벌 지역사회 공헌의 날' 자원봉사 활동. 행사에 참여한 씨티은행 임직원 100여 명에게 해설했다. 이후 게이트 플로깅도 함께했다.

그 말은 내 설명이 마음에 닿았다는 증거이자, 우리가 만든 변화의 작은 완장이었다.

그날 내가 배운 것이 있다.

우리가 하는 게이트 플로깅은 쓰레기를 줍는 일이 아니라, 의미를 세우는 일이었다. 해설이 귀를 열었다면, 플로깅은 손과 길을 열었다. 깨끗해진 공간은 다시 사람의 태도를 바꾸었고, 바뀐 태도는 또 다른 변화를 불렀다. 나는 이 연쇄적인 효과를 탑골공원에서 눈으로 확인했다. 그리고 믿게 되었다. 공간이 사람을 바꾸고, 사람이 공간을 바꾼다는 것을.

지금도 그날의 장면이 생생하게 떠오른다. 석탑의 차가운 돌 결과 집게 끝에 걸린 작은 종이 한 장, 정오의 햇빛 아래 반짝이던 안내판까지. 그 사소한 순간들이 모여 공원과 외곽의 얼굴을 바꿨고, 동시에 나의 얼굴을 변화시켰다. 나는 여전히 배워야 하는 학생이지만, 이제는 말하는 사람을 넘어 지키는 사람. 그리고 함께하게 하는 사람으로 성장하고 있다. 작은 실천이 만든 나비 효과. 나에게 있어 탑골공원은 그 사실을 가장 선명하게 가르쳐 준 현장이라고 할 수 있었다.

3장

국경을 넘어
교류와 자부심

함인정 영조임금이 사랑한 명정전의 후원 건물이다

함인정은 창경궁 내 정자로, 임금이 문무 과거에 급제한 신하들을 접견하는 곳이
다. 1633년에 세워졌는데, 1830년 화재 후 1833년에 다시 지어졌다. '세상이 임
금의 어짐과 의로움에 흠뻑 젖는다'는 뜻이다. 이름이 상징하듯 사방이 터진 개
방형 건물이다.

성종태실과 태실비

태실은 왕실 자손의 태를 묻어 기념하던 조형물이고 태실비는 그 사연을 기록한 비석이다.

태실은 전국의 명당에 있었는데 성종태실은 경기도 광주에 있었다.

1926년쯤 가장 온전한 성종태실만 창경궁으로 옮겨 연구용으로 삼았다.

캘리포니아에서 온 손님들

내 기억 속에 선명하게 남아 있는 또 하나의 경험은 해외에서 온 교환학생들과 함께했던 시간이다. 내가 다니는 채드윅송도국제학교는 캘리포니아에 본교가 있었는데, 매년 선생님과 학생 30여 명이 한국을 방문한다. 그들은 교실 속에서 책으로만 배우던 한국 문화를 직접 눈으로 보고, 몸으로 체험하기 위해 먼 길을 건너온다. 2022년 11월 일정 중 하나가 경복궁과 인사동 투어였다. 전통과 현대가 어우러진 대표적인 공간을 탐방하며 한국을 제대로 느껴보는 시간이었다. 스태프로 참가한 나는 경복궁과 인사동 투어를 진행한다고 그 순간 망설임 없이 손을 들었다.

"제가 직접 설명하겠습니다."

다들 잘됐다며 반가워했지만, 사실 나 스스로는 내 목소리에 놀랐다. 자신만만하게 손을 든 것과는 달리 마음 한구석에는 두려움이 자리 잡고 있었다. 오로지 영어로 해설을 해야만 하며, 나보다 나이가 조금 더 많거나 같은 또래

채드윅송도국제학교 본교 선생님과 학생들 40여 명이 경복궁을 방문했다.
내가 경복궁 근정전에서 해설하고 있다.

의 외국 학생들을 이끌어야 한다는 것. 결코 쉬운 일은 아니었다.

내가 또래 친구들, 이 많은 인원을 잘 이끌 수 있을까?
이들이 하는 질문에 대답하지 못하면 어떻게 될까?

이런 걱정들이 머릿속을 스쳐 지나갔다. 그러나 동시에 내 마음속 깊은 곳에서는 뜨거운 설렘이 솟구치기 시작했다. 청소년문화유산 해설사로서 여러 차례 현장을 경험했던 나였다. 그동안 수없이 다듬었던 문장들과 연습했던 발걸음이 분명 나를 지탱해 줄 것이라 믿었다.

무엇보다, 같은 세대의 외국 친구들에게 한국의 역사와 문화를 직접 소개

할 수 있다는 사실은 그 어떤 기회보다 값지고 특별했다. 이들을 이끄는 투어는 광화문 앞에서부터 시작되었다. 수백 년 전 조선의 정궁을 지키던 거대한 문 앞에 섰을 때, 나는 깊게 숨을 들이켰다.

"This is Gwanghwamun, the main gate of Gyeongbokgung Palace⋯. (여기는 경복궁의 정문인 광화문입니다⋯.)"

첫 문장을 꺼내는 순간, 긴장은 여전히 손끝을 떨리게 했지만, 동시에 묘한 전율이 몸을 타고 흘렀다. 내 목소리가 광화문 앞에 울렸다. 교환학생들이 집중하는 눈빛이 내 말을 따라오는 순간, 나는 설명을 하는 것이 아닌 과거와 현재, 그리고 한국과 세계를 잇는 다리 위에 서 있다는 것을 실감했다.

근정전에 다다랐을 때, 나는 마치 거대한 무대 위에 올라선 듯한 기분을 느꼈다. 넓은 마당과 장엄하게 솟아 있는 전각이 주는 그 위압감이란. 설명을 하는 나에게조차 경건한 긴장을 안겨주기에 충분했다. 나는 숨을 고르고 준비해 둔 문장을 꺼냈다. 왕의 즉위식이 이곳에서 어떻게 진행되었는지, 조선의 정치 운영이 이 공간에서 어떤 상징을 가졌는지를 설명했다. 내 목소리가 점점 단단해질수록, 학생들의 시선이 내게 집중되는 것이 느껴졌다.

그 순간 학생들의 표정은 단순히 관광객의 표정이 아니었다. 마치 시공간을 넘어, 조선시대의 군신들이 늘어선 마당을 실제로 보고 있는 듯한 몰입감을 보여주었다. 몇몇은 눈을 크게 뜨며 주변을 둘러보았고, 다른 몇몇은 연신 노트에 기록을 남기기 바빴다. 이내 손이 올라오며 내게 질문을 던졌다.

나의 손끝에서 피어나는 국가유산

경복궁 향원정 해설 후 경회루로 이동 중인 모습

"Why was the king's throne placed so high?(왜 왕의 왕좌가 그렇게 높게 배치되었나요?)"

"How many people could stand here during a ceremony?"(의식 중에 여기에 몇 명이나 서 있을 수 있나요?)"

짧지만 구체적인 질문들이 이어졌다. 나는 잠시 숨을 고른 뒤, 왕의 권위를 드러내기 위한 공간 설계의 의미와 즉위식에 참여한 인원들의 규모에 대해 차근차근 설명했다. 질문에 답하는 순간마다 나는 해설을 하고 있다는 생각을 넘어서, 한국의 문화를 직접 대변하고 있다는 사실이 온몸에 전율이 일었다.

지금 이 자리에 있는 나는 한국의 역사와 문화를 세계에 연결해 주는 작은 다리라고 할 수 있었다.

"Hyangwonjeong is a place where the king and his family used to relax.(향원정은 왕과 그의 가족이 휴식을 취하던 공간입니다.)"

"Hyangwonjeong is the first place where an electric power plant was built in Korea.(대한민국 최초로 전기발전소가 세워진 곳이 향원정입니다.)"

"The first place in Korea to receive electricity is Geoncheonggung

인사동 투어를 마치고 찍은 단체 사진

Palace, a separate palace for King Gojong.(대한민국 최초로 전기가 들어온 곳은 고종의 별궁인 건청궁입니다.)"

나의 해설을 들은 학생들은 동시에 숨을 고르는 듯, 감탄의 소리를 내뱉었다. 그들의 눈빛 속에는 단순한 건물의 아름다움에 대한 반응만 있지 않았다. 물 위에 비친 건축물의 조화와 그 속에 담긴 의미. 즉, 인간이 자연과 어떻게 공존하려 했는지에 대한 깊은 울림이 읽혔다. 누군가는 사진을 찍으며 속삭였고, 또 누군가는 고개를 끄덕이며 나의 말에 귀 기울였다. 그때, 나는 확신할 수 있었다. 한국 문화가 국경을 넘어, 언어와 배경이 다른 이들에게도 진심으로 닿을 수 있다는 사실을.

인사동 투어에서는 경복궁에서 느껴지던 장엄함과는 또 다른 분위기가 이어졌다. 무거운 역사적 설명에서 벗어나, 함께 골목길을 거닐며 한국의 생활 속 문화를 보여주는 시간이었다. 전통 공예품 가게 앞에서는 학생들이 호기심 가득한 눈빛으로 나무로 만든 장신구와 한지로 꾸며진 소품들을 흥미롭게 살펴보았다. 또 다른 학생은 작은 부채를 집어 들고 "Can I try this?(이거 해봐도 될까요?)"라고 묻기도 했고, 또 다른 학생은 한지 공예품을 들고 연신 사진을 찍으며 "It's so beautiful!(정말 아름다워요!)"이라고 감탄했다.

나는 그들에게 단순히 물건의 기능만 설명하지 않았다. 장인들이 어떻게 수십 년 동안 한 가지 기술을 이어왔는지, 그 속에 담긴 인내와 정성이 어떤 의미를 가지는지 이야기를 덧붙였다. 그러자 학생들의 표정은 흥미를 넘어서 조금 더 깊은 이해로 바뀌어 갔다. 좁은 한옥 골목길에 들어섰을 때는 학생들의 반응이 더 생생했다. 현대식 건물들 사이에 자리 잡은 기와지붕과 나무

대문, 마당을 가득 채운 장독대 같은 풍경은 그들에게 신선한 충격처럼 다가
온 듯했다.

"People actually lived here?(사람들이 실제로 여기에 살았었나요?)"

이 질문이 나왔을 때, 나는 웃으며 대답했다.

"Yes, and this is how tradition and modern life coexist in Korea.(네, 그
리고 이것이 한국에서 전통과 현대 생활이 공존하는 방식입니다.)"

내 말을 들은 학생들은 고개를 연신 끄덕이며 서로 이야기를 나누었다. 전
통이 박물관 속에만 갇힌 것이 아니라, 여전히 사람들의 삶 속에서 살아 숨
쉬고 있다는 사실이 그들에게도 흥미롭게 다가온 것 같았다.

그리고 그들이 한국 음식을 함께 맛있게 즐기는 웃음을 터뜨리는 모습, 서
로 사진을 찍고 맛을 비교하며 떠드는 모습들은 우리 모두를 특별하게 만들
기 충분했다. 이것은 단순한 먹거리 체험이 아니라, 한국의 음식 문화가 자연
스럽게 사람들의 마음을 열고 기쁨을 나누는 매개가 된 것이다.

나는 한국에 온 친구들을 조금 더 따뜻하게 맞이하고 싶었다. 단순히 설명
을 듣고 돌아가는 투어가 아니라, 이곳에서 환영받고 있다는 마음을 느끼길
바랐다. 그래서 나는 작은 준비를 했다. 며칠 전부터 정성껏 꾸린 에코백을
마련했다. 안에는 한국의 전통 문양이 새겨진 엽서와 작은 기념품들을 담았
다. 비록 크고 화려한 것은 아니었지만, 내가 느낀 한국의 멋과 정서를 조금

이라도 전하고 싶다는 바람
이 담겨 있었다. 투어가 끝
날 무렵, 나는 학생들 앞에
서서 준비한 선물들을 꺼내
하나씩 건넸다.

"Welcome to Korea.(한
국에 오신 것을 환영해요.)"

조선 5대궁이 인쇄된 에코백에 묵으로 그린 엽서와 한국 간식을 넣었다. 한국을 잊지 말고 좋은 기억을 간직하라는 의미의 굿즈였다.

짧은 인사말이었지만, 그 안에 내 마음속 깊은 환영의 뜻이 고스란히 담겨 있었다. 학생들의 얼굴에는 환한 웃음이 번지기 시작했다. 어떤 이는 엽서를 손에 쥐고 곧장 사진을 찍기도 했다. 또 다른 학생은 내 눈을 바라보며 속삭였다.

"Thank you so much, this means a lot.(정말 감사합니다. 이건 정말 큰 의미가 있습니다.)"

그들이 보이는 반응을 보며 나는 확신했다. 그것은 그냥 선물이 아닌 내 마음 깊은 곳에서부터 우러난 진심이었다. 그리고 나의 그 진심이 그들의 마음에 닿았다는 사실이 선명하게 느껴졌다.

돌이켜보면, 이 경험은 단순한 투어 이상의 의미를 지니고 있었다. 그동안 청소년국가유산지킴이로서의 활동은 그동안 주로 국내에서, 한국 사람들을 대상으로 이루어져 왔다. 하지만 내가 하는 일은 결코 국경에 갇히지 않는다는 것을 깨달았다. 한국에 온 외국의 친구들에게 한국의 역사와 문화를 소개하고, 그들이 그것을 직접 경험하며 감탄하는 모습을 보면서, 내가 전한 이야기가 세계와 이어질 수 있다는 가능성을 확인했다.

그 무엇보다 같은 세대의 같은 학교 학생들이었다는 점이 더욱 특별하게 다가왔다. 비슷한 나이의 친구들이 나의 해설을 통해 경복궁의 장엄함을 이해하고, 인사동의 골목길에서 한국의 전통을 체험하며 기뻐하는 모습을 지켜보는 것. 이것은 그 어떤 말로 표현하기 어려운 울림을 안겨주었다. 나는 해설사가 단지 지식을 전달하는 사람이 아니라는 사실을 깨달았다. 해설사는 문화를 매개로 민간외교관으로서 사람과 사람을 이어주고 과거와 현재를 연결하며, 서로 다른 세계를 이어주는 다리다.

상을 받기 위해서 한 일은 아니지만…

청소년문화단 중등대표 및 전체 총무직을 맡았다.

청소년국가유산지킴이 활동을 이어가던 시절, 나는 그저 내가 좋아서 하는 일이라고 생각했다. 누가 시켜서 억지로 하는 활동도 아니었고, 봉사시간을 채우기 위해 억지로 나선 것도 아니었다. 그저 내가 가진 관심과 호기심, 그리고 한국의 역사와 문화를 더 알고 싶었고, 그것을 누군가와 나누고 싶다는 마음이 나를 이끌었다. 경복궁의 해설 활동에 참여할 때마다 웅장한 전각 앞에 서서 사람들에게 역사를 이야기하는 순간은 내게 특별한 자부심을 안겨주었다.

특히 탑골공원에서의 환경정화 활동은 '지킴이'라는 이름의 무게를 온전히 체감하게 해주었다. 게다가 게이트 플로깅처럼 새로운 방식을 활성화해서 역사와 환경을 함께 돌보았던 그 경험. 내가 단순한 참여자가 아니라 새로운 변화를 만들어 가는 일원이라는 사실을 깨닫게 해주었다.

청소년문화단 중등대표 및 전체 총무직을 맡았다.

물론 하나하나의 활동이 늘 즐겁기만 했던 것은 아니다. 무더운 여름날 땡볕 아래에서 쓰레기를 줍고, 한겨울 바람이 매섭게 부는 날에도 장갑을 끼고 공원의 구석구석을 청소해야 할 때. 솔직히 힘들다고 느낄 때도 있었다. 외국인들에게 해설을 하다가 예상치 못한 질문을 받아 순간 머뭇거렸던 기억도 있었고, 준비한 시나리오가 현장에서 잘 맞지 않아 다시 고쳐야 했던 날도 있었다. 그러나 이런 순간들조차도 결국 나를 성장시키는 과정이라는 걸 나는 알고 있다. 지쳐가는 몸과 달리 내 마음은 채워졌고, 어려움은 있었지만 그만큼 배움도 더 깊어졌다.

그래서 나는 시간을 따지지 않고 현장으로 향했다. 활동이 끝나고 집에 돌아오면 피곤함이 몰려왔지만, 그 덕분에 공원이 조금 더 깨끗해졌다. 또 해설을 들은 사람들이 고개를 끄덕이며 감사 인사를 전하는 모습이 떠오르면 이

나의 손끝에서 피어나는 국가유산

신임 단원에게 펜던트를 걸어주고 있다.

상할 만큼 기운이 다시 차올랐다. 봉사시간이 어느 정도 쌓였는지는 사실 크게 중요치 않았다. 하지만 어느 날 문득 기록을 정리하다 보니, 5년 남짓한 시간 동안 내가 쌓아온 봉사시간이 이미 400시간을 넘어섰다는 사실을 알게 되었다.

그 엄청난 시간을 눈으로 보는데 묘한 감정이 내게 다가왔다. 애초에 시간을 계산하며 시작한 일이 아니었는데, 돌이켜보니 그것이 이렇게 많은 시간으로 쌓여 있었다는 사실이 놀랍기도 하고, 동시에 뿌듯하기도 했다. 누군가에게는 단순히 숫자에 불과할지도 모르는 숫자. 그러나 내게 그 400시간은 역사와 문화와 사람들을 잇는 순간들이 걸음만큼 켜켜이 쌓인 증거였다. 그 속에는 땀과 웃음, 긴장과 성취가 모두 들어 있었다. '400시간'이라는 봉사시간. 오히려 주변 사람들이 나보다 더 놀랐다. 누군가가 내 봉사시간을 보고는

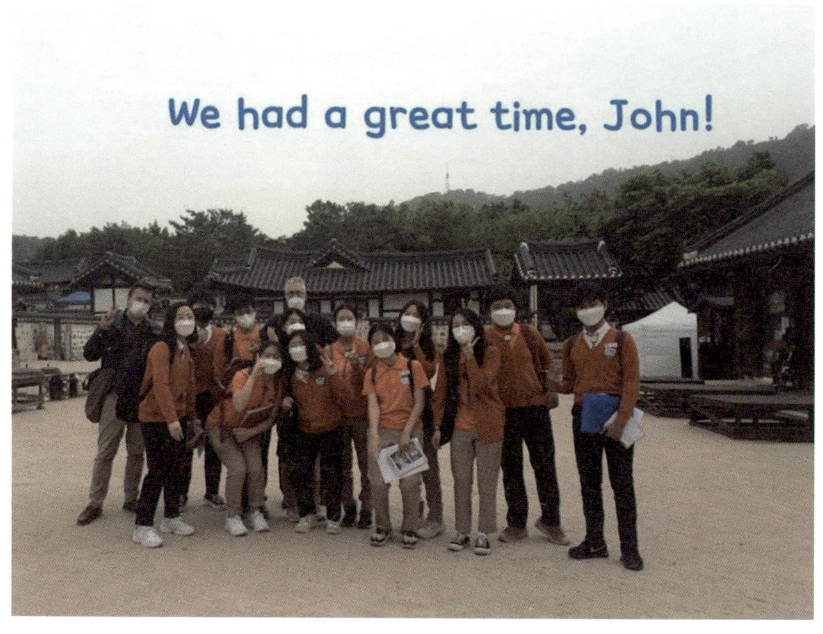

후배 해설사들과 함께 활동하며 요령과 방법을 알려주고, 방문자와 매칭하는 데 도움을 주었다. 후배들이 도슨트 활동을 잘하도록 동기부여를 하는 노력도 아끼지 않았다.

감탄하며 이렇게 물었다.

"어떻게 청소년이 이렇게 많은 시간을 꾸준히 활동할 수 있지?"

친구들 중 일부는 믿기지 않는다는 듯 눈을 크게 뜨기도 했다. 흔히 청소년의 봉사 활동이라고 하면 학교에서 정해진 프로그램에 잠깐 참여하거나, 성적 관리나 대학 입시를 위해 억지로 시간을 채우는 경우가 많다. 그러나 나는 5년 동안 그리고 현재까지도 꾸준히 현장을 찾았고, 그 시간의 총합이 400시간을 넘어섰다. 어떻게 보면 더 많은 봉사를 한 친구들도 있을 것이다.

나의 손끝에서 피어나는 국가유산

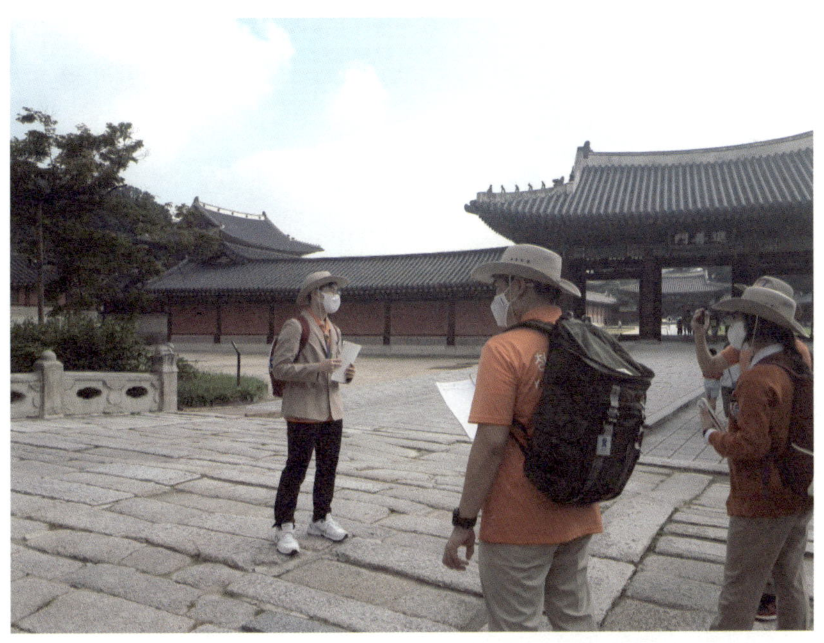

창덕궁 진선문 앞. SNS에 올릴 영상을 찍으며 해설하는 방식을 알려주었다.

그러나 내게 그 시간은 단순히 숫자로 기록된 '봉사시간'이 아니었다. 내가 딛고 있는 이 땅의 역사와 문화를 직접 지켜내는 일에 동참했다는 생생한 증거였다. 경복궁의 돌바닥을 밟으며 해설을 준비했던 시간, 탑골공원에서 쓰레기를 주워 담으며 느꼈던 묘한 책임감. 그리고 게이트 플로깅을 하며 '작은 행동이 세상을 바꿀 수 있다'는 믿음을 얻었던 순간까지. 이제는 무료 급식과 궁중문화축전 낙선재에서 했던 스태프 활동 등 그 모든 기억이 내게는 살아 있는 역사 체험이었다.

대부분의 사람들은 봉사시간을 보고 대단하다고 말했지만, 나는 오히려 그 활동들을 통해 내가 더 많은 것을 받았다고 생각한다. 처음에는 그저 문화재를 설명하고 쓰레기를 치우는 일이었을지 모른다. 그러나 시간이 지나갈수록 그 행동은 나 자신을 단련시키고 한국인으로서의 자부심을 키워줬을 뿐만 아니라, 세상과 소통하는 방법을 가르쳐 주었다. 그렇기에 나에게 있어 이 400시간은 단순한 봉사의 기록이 아니라, 내가 나답게 성장할 수 있었던 발자취라고 할 수 있다.

2023년 12월 그 무렵, 뜻밖의 소식이 내게 전해졌다. 보통은 개인 자격으로는 추천조차 이루어지기 힘든 상을 내가 활동을 이어가던 단체에서 내 이름을 후보로 올려주었다는 것이었다. 그 소식을 들은 나는 잠시 말을 잃었다. 이게 진짠가? 하는 생각이 머릿속을 지배했던 것 같다. 그동안 내가 해왔던

영어 도슨트 활동도 함께 하며 관광객에게 홍보활동을 꾸준히 펼쳤다.

나의 손끝에서 피어나는 국가유산

활동은 그저 스스로 좋아서, 내게 의미 있다고 믿어서 이어온 것이었다.

처음으로 경복궁에서 외국인 관광객들에게 서툴지만 진심을 담아 해설을 하던 순간, 탑골공원에서 장갑을 끼고 쓰레기를 줍던 시간, 게이트 플로깅을 하며 땀을 흘렸던 경험. 이 모든 순간. 단지 내가 원해서 한 일이었다. 그런데 그것이 누군가의 눈에 열정과 헌신으로 비쳤고, 또 상의 추천으로까지 이어 졌다는 사실이 내겐 그야말로 놀라움이었다.

특히, 그 상이 여성가족부에서 주관하는 상이라는 사실은 더욱 무게감 있 게 다가왔다. 개인이 아니라 팀 단위로, 혹은 큰 규모의 활동을 한 단체들이 주로 거론되던 자리였기에, 내가 그 후보 중 하나로 이름을 올렸다는 것 자체 가 믿기지 않았다. '정말 내가 그런 자격이 있는 걸까?' 하는 의구심과 동시에

경복궁 영어 도슨트 활동하는 모습.

전국국가유산지킴이 대회에서 청소년국가유산지킴이 활동 홍보.

'아, 누군가는 내 노력을 지켜보고 있었구나'라는 안도감이 찾아왔다.

처음엔 실감조차 나지 않았다. 나는 상을 받기 위해 지킴이 활동한 것도 아니었고, 누군가에게 인정받겠다는 욕심으로 시작한 일도 아니었기 때문이다. 그래서 그럴까. 이 소식은 내게 일종의 보너스처럼 다가왔다. 상이라는 결과보다 더 크게 느껴진 것은, 내가 걸어온 길이 누군가에게 가치를 가진 여정으로 인정받았다는 점이었다.

나의 손끝에서 피어나는 국가유산

청소년문화단 단원들과 2박3일 강화도 국가유산을 찾아 발로 뛰며 손끝으로 기록했다.

인정받았다.

사실, 나는 이걸로 충분했다. 해설사로서의 활동은 내가 한국의 역사를 직접 체험하고 전하는 기회였다. 그리고 국가유산지킴이로서의 활동은 내가 그 역사를 실제로 가꾸고 지켜내는 과정이었다. 그 두 가지가 합쳐져, 결국 나는 누군가의 시선으로 보았을 때 꾸준히 헌신하는 사람으로 비추어진 것이다. 그 하나만으로도 나는 충분히 감사했다.

고려전쟁의 결말을 재조명해 영어 해설을 했다.

나는 그렇게 여성가족부 장관상을 받게 되었다. 시상식장에서 내 이름이 불렸을 때, 순간 모든 시간이 스쳐 지나갔다. 쓰레기로 가득하던 탑골공원의 모습과 장갑을 끼고 쓰레기를 주워 담던 손끝의 감각, 경복궁 앞에서 외국인들에게 떨리는 목소리로 첫 문장을 내뱉던 순간들. 그 모든 기억의 조각들이 모여 결국 이 무대까지 나를 데려온 것 같았다.

무엇보다 값졌던 것은, 이렇게 주어진 상이 단순히 개인의 성취를 넘어, 내가 걸어온 길이 결코 헛되지 않았다는 것을 증명해 준다는 사실을 눈으로 보여주는 것 같았다. '네가 걸어온 길은 옳았다'라는 말 없는 격려처럼 다가왔다. 다른 누구도 아닌 나 자신이, 내 선택과 노력을 자랑스러워할 수 있게 된 순간이었다.

이 상은 단순히 내가 받은 하나의 트로피나 증서에 불과하지 않았다. 비록 겉으로 볼 때 작은 메달과 종이 한 장일지 모른다. 하지만 그것은 곧 내가 청

나의 손끝에서 피어나는 국가유산

탑골공원 내에 있는 독립운동 33인 중 한 분이고 천도교를 창 시한 손병희 선생 동상 앞에서.
봄여름가을겨울 쉼없이 탑골공원 게이트 플로깅은 계속되었다.

소년국가유산지킴이로서 어떤 마음을 품고, 어떤 가치를 지향하며 살아왔는지를 세상에 보여주는 상징과 다름없었다. 트로피가 내 손에 무게로 다가왔을 때 느꼈다. 개인의 이름으로 수상한 것이 아니라, 나와 같은 세대의 청소년들이 한국의 역사와 문화에 진심으로 다가가고 있다는 사실을 함께 증명한 것임을.

또한 이 상은 내게 책임이자 약속이기도 했다. 이제 나는 단순히 '좋아서 하는 활동가'에 머물 수 없었다. 더 많은 사람들에게 역사의 가치를 알리고, 문화유산의 소중함을 전하는 역할을 이어가야 한다는 사명감을 느끼게 해 주었다. 동시에 나 자신에게도 다짐했다. 앞으로도 내가 걷는 길이 단순히 스펙을 쌓기 위한 행보가 아닌, 진정으로 한국의 역사와 문화를 지켜내는 길이 되도록 하겠다고.

청소년단체연합회 58주년 기념 여성가족부장관상 표창장

나는 이 경험을 발판 삼아 '더 넓은 무대에서 한국의 이야기를 전하고 싶다'라는 생각을 자연스럽게 하게 되었다. 국내에서만 머무는 것이 아니라, 국경을 넘어 세계 곳곳에서 한국 문화의 아름다움과 깊이를 나누는 일을 하고 싶다. 언젠가 외국의 학생들, 또 다른 세대의 사람들 앞에 서서 내가 배운 것과 느낀 것을 진심으로 들려줄 수 있다면, 그것이 내가 받은 상의 진짜 의미를 완성하는 길일 것이다.

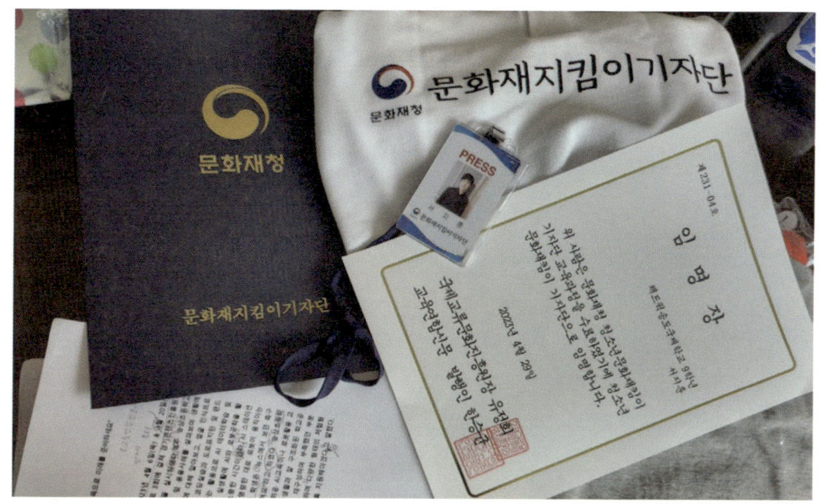

문화재청 산하 교육신문 소속 기자단 1기로 활동하였다.

2024 방콕문화교류대장정 학생 30여 명을 대상으로 도슨트 활동을 하였다.

　역사라는 것은 누군가의 노력이 있어야 이어지고, 문화는 누군가의 사랑이 있어야 살아남는다. 내가 받은 상은 바로 그 노력을 멈추지 말라는 격려였고, 그 사랑을 잃지 말라는 다짐이다.

CIC. 동아리를 만들다

청소년국가유산지킴이로 활동하며 나는 많은 것을 배우고 느꼈다. 경복궁에서 외국인 관광객들에게 떨리는 목소리로 첫 해설을 했던 순간, 탑골공원에서 무관심와 쓰레기를 치우며 '지킴이'라는 이름의 무게를 온몸으로 느낀 경험. 그리고 게이트 플로깅을 통해 역사와 환경을 동시에 지켜냈던 기억과 또래 외국인 친구들에게 한국의 이야기를 직접 들려주며 가슴 깊이 느낀 자부심까지. 이 모든 경험은 내가 한국인으로서 어떤 뿌리를 딛고 서 있는지를 확인하게 해주었다.

그러나 시간이 흐를수록 마음 한편에 아쉬움이 깊게 남았다. 이렇게 값진 경험을 나 혼자만 간직하는 것이 과연 옳을까? 역사를 지키고 문화를 알리는 일은 혼자보다 함께할 때 더 큰 울림을 만들어낼 수 있다는 것을 나는 잘 알고 있었다.

그래서 나는 결심했다. 혼자만의 기록으로 남기지 않고, 학교 안으로 끌어들여 더 많은 친구들과 나누자고. 단순한 봉사 활동이 아니라, 진심으로 한

4명이 시작한 CIC는 3년이 지난 지금 25명으로 제한할 정도로 교내 인기 클럽이 되었다.

국의 역사와 문화를 배우고 지키는 학생들이 모여 함께 성장하는 모임. 그것이 내가 그리고자 한 그림의 시작이었다.

처음 친구들에게 클럽 제안했을 때, 그들에게 냉담한 반응만 돌아올 뿐이다.

"그게 무슨 소용이 있어?"

"대학 입시에 도움이 되긴 해?"

그들의 질문, 어쩌면 당연했다. 대부분의 학생들이 동아리를 고를 때 가장 먼저 생각하는 것은 대학 입시에 직접적으로 도움이 되는 활동이었기 때문이다. 디베이트 클럽에서 논리력을 기르거나, 과학 동아리에서 프로젝트를 수행하는 일은 입시에 기록될 수 있고, 누구나 그 가치를 쉽게 이해할 수 있었다.

하지만 '문화유산지킴이 활동'. 겉보기에 그만한 가치를 즉각적으로 보여주지 못했다. 게다가 역사적인 공간을 찾아다니며 쓰레기를 줍고, 외국인들에게 해설을 하는 활동 자체가 그들에게는 다소 낯설고 부담스럽게 느낀 것이다. 그런 반응을 보며 처음에는 나 역시 잠시 흔들렸던 것 같다. 친구들이 하나같이 회의적인 반응을 보일 때마다,

"내가 괜한 고집을 부리는 건 아닐까?"

이런 생각이 머릿속을 스쳐 지나갔다. 혼자서는 충분히 할 수 있었던 활동을 굳이 다른 사람들에게까지 권하고 있는 건 아닌지, 나 자신조차 의문이 들기도 했다. 하지만 그런 순간마다 떠오르는 장면이 있었다. 탑골공원에서 처음 쓰레기와 악취 속에 서 있던 내 모습이었다. 그날 나는 역사적 의미가 잊히고 방치된 공간을 보며 마음 깊은 곳이 흔들렸고, '누군가는 이곳을 다시 살려야 한다'라는 책임감을 느꼈다. 그때의 그 감정을 잊지 않았기에, 나는 클럽 만드는 것을 포기할 수 없었다. 문득, 탑골공원에서 처음 마주한 쓰레기 더미와 방치된 역사 공간이 떠올랐다. 그때 느낀 책임감을 기억하며 스

탑골공원 외곽 환경정화도 빼놓지않았다.

인원은 적고 때로는 춥고 때로는 더워 투덜거리기도 했지만, 그 모든 것이 함께 봉사의 의미를 알아가는 과정이었다. 한양도성 박물관에서 CIC 멤버.

스로에게 말했다.

인원은 적었고 때로는 춥고 때로는 더워 투덜거리기도 했지만, 그 모든 것이 함께 봉사의 의미를 알아가는 과정이었다.

"그래, 아무도 안 하겠다면 나 혼자라도 시작하면 된다."

그렇게 시작된 모임은 단 4명의 친구와 1명의 선생님으로 이루어진 작은 씨앗이었다. 단 4명으로 시작되는 클럽. 많지 않은 숫자였지만 그 존재만으로

나의 손끝에서 피어나는 국가유산

도 얼마나 든든했는지 모른다. 그들은 단순히 "같이 해볼까?"라는 말 한마디
로 나를 지지해 준 것이 아니라, 내가 그동안 꿈꾸던 작은 씨앗을 함께 뿌려
준 동반자들이었다.

보훈사적지 현장 탐방

클럽의 탄생

공식 클럽으로 자리 잡기 위해서는 지도 교사가 필요했다. 때문에 나는 그 사실을 알고 가장 먼저 존경하던 선생님께 달려갔다. 선생님은 처음 다른 클럽도 관리하고 계셨기에 정중히 거절했지만, 나의 간절함과 의미를 듣고 답하셨다.

"큰 도움은 못 주더라도 이름이라도 올려주겠다."

그 말을 듣는 순간, 나는 다시 힘이 생겨나는 것 같았다. 누군가 내 선택을 존중하고 지지해 준다는 사실만으로도 든든한 버팀목이 생긴 느낌이었다.

이렇게 해서 탄생한 CIC(Chadwick International Cultural Protector)는 내게 있어서, 단순한 그런 동아리가 아니었다. 그것은 내가 청소년국가유산 지킴이로서 느낀 가치들을 또래들과 함께 나누고 싶다는 간절한 바람의 결실이었다.

클럽 멤버들과 함께 경복궁과 창덕궁, 탑골공원 같은 역사적 공간을 직접 찾아가 해설과 환경정화를 병행했다. 짧게는 몇 시간, 길게는 반나절 넘는 활동을 통해 땀을 흘리며 배우고, 함께 성장했다.

작은 모임이라고 해서 우리의 열정까지 작은 것은 아니었다. 우리는 경복궁, 창덕궁, 탑골공원 같은 역사적 공간을 직접 찾아가며 활동을 이어가기 시작했다. 단순히 걷는 것이 아니라, 그 장소에 담긴 이야기를 해설로 풀어내고, 동시에 환경정화를 통해 그 공간을 가꾸는 일을 병행했다. 짧게는 몇 시간, 길게는 반나절

장선주 선생님은 CIC의 처음부터 함께하셨고 앞으로도 계속 지켜주시리라 믿는 감사한 분이다. (2025 전국청소년자원봉사대회 은상을 수상하고. 선생님도 표창장을 받으셨다.)

이 넘는 활동 속에서 우리는 땀을 흘리며 함께 배웠고, 그 과정에서 서로가 서로에게 동료이자 동력이 되어 주었다.

또한 학교 내 행사에 적극적으로 참여해서 우리가 계획을 세우고 부스를 만들고 체험 활동을 통해 친구들과 외국 선생님께 직접 경험하고 설명해서 한국을 알고 느끼고 체험할 수 있도록 안으로부터의 작은 날갯짓이 시작되었다.

CIC라는 이름으로 만든 경험은 내게 단순한 동아리 활동을 훨씬 뛰어넘는

흥인지문 게이트 플로깅도 함께 주말과 방학을 이용해 활동했다.

의미를 지녔는데, 그것은 내 삶에서 진정한 리더십의 시작이었다. 리더십은 단지 앞에 서서 지시하는 것이 아니라는 것을 CIC를 통해 많이 배운 것 같았다. 누군가에게 동의를 얻고 다른 친구의 마음을 모으고, 서로 다른 생각을 가진 친구들과 함께 길을 걷는다는 것. 예상보다 훨씬 어렵고도 지난한 일이었다. 하지만 바로 그 과정에서 나는 진짜 책임이 무엇인지, 그리고 진정으로 앞장선다는 것이 어떤 무게를 가지는지 뼈저리게 배웠다.

또한 국가유산청 지원비를 신청해 현재까지도 3년 동안 활동하고 있는 유일한 국제학교 청소년국가유산지킴이 동아리다. 이 사실 하나만으로 생기는 자부심이 있다.

학교의 한글날 행사. CIC 단원들, 교장 선생님과 함께 찍은 단체 사진

나의 손끝에서 피어나는 국가유산

슬로바키아에서 온 친구들

CIC 활동 중 기억에 남는 순간은 슬로바키아에서 친구들을 맞이했던 일이었다. 알렉스 선생님과 함께 준비한 2주간의 슬로바키아 학생들 초청 한국 투어였다. 이 한국 투어는 단순히 관광을 하기 위한 안내가 아닌, 한국의 역사와 문화를 진심으로 전달하고 싶었다. 세달 전부터 줌으로 연락하며 2주간의 일정을 조율했고, 북촌의 한옥스테이도 준비하면서 국가유산과 K-문화를 소개해 주기 위해 다양한 준비를 해왔다.

그래서 그들이 공항에 도착하는 첫날, 우리는 리무진 버스를 준비했다. 슬로바키아에서의 긴 비행을 마치고 피곤한 몸을 이끌고 도착할 친구들을 지하철이나 시내버스로 이동하게 할 수 없었다. 낯선 땅에 처음 발을 디딘 그들에게 가장 먼저 전해야 할 것은 배려와 환영의 마음이었다. 버스 안에서 창밖으로 스쳐 지나가는 서울의 불빛을 바라보던 그들의 눈빛 속에는 설렘과 호기심이 가득했다.

그날 밤, 나는 머릿속으로 환영의 그림을 그리며 삼계탕을 떠올렸다. 한여름 무더위 속에서 한국 사람들이 보양식으로 즐기는 뜨끈한 삼계탕은 단순한 음식이 아니었다. 건강을 기원하는 마음, 그리고 한국 복날의 의미도 알려주면 좋을 것 같다는 생각이 들었다. 한국이라는 낯선 곳에서 고생하는 이들에게 따뜻한 기운을 불어넣는 마음이 담긴 그런 음식이었다. '한국에 오신 것을 환영합니다'라는 말 대신, 따끈한 국물이 담긴 그릇 하나로 마음을 전한다면 어떨까. 이때 그 삼계탕은 나에게 최고의 환영 인사가 되었다.

그리고 준비해 둔 부채와 작은 선물인 한국 전통 문양이 새겨진 엽서와 소품들을 하나씩 건네며 말했다.

"Welcome to Korea.(한국에 오신 것을 환영합니다.)"

슬로바키아 두나이스키 학생 내한은 기획부터 실행까지 직접 준비했다. 6개월 이상이 걸린 프로젝트였기에 두렵고 설레며 기대됐다. 귀국 첫날 공항에서 모두 피곤할 텐데 밝은 모습이었다.

이 말을 건넸을 때, 친구들의 얼굴에는 피곤함 대신 따뜻한 웃음이 번져가는 것이 보였다. 그리고 본인들의 이름이 하나하나 새겨진 부채를 받은 친구들과 선생님들은 정말 감동스러워했고 투어 내내 더운 날씨에 좋은 아이템을 선물 받았다며 즐거워했다. 그런 친구들의 모습을 보며 나는 마음이 따뜻해졌다.

정작 가장 크게 당황했던 일은 따로 있었다. 해외에서 온 30여 명의 학생들과 선생님이, 그것도 나와 같은 또래의 고등학생들이 한국에 2주간 머무를 예정이었다. 처음 참가한다고 했던 단체의 학부모들과 학생들의 홈스테이 약속이 취소되면서 그들이 한국에서 지낼 공간과 생활을 어떻게 준비해야 할지 선명한 답이 보이지 않았다.

문화유산을 해설하고 투어를 진행하는 일은 어느 정도 경험이 있었지만, 생활의 기반을 마련해 주는 일은 전혀 다른 차원의 과제였다. 그들의 숙소와 식사, 이동까지 세세하게 신경 쓰지 않는다면, 우리가 아무리 훌륭한 해설을 준비한다 해도 환영은 반쪽짜리가 되고 말 것이 분명했다. 순간 눈앞이 캄캄해졌다.

'혹시 우리가 감당할 수 없는 일을 시작한 건 아닐까?'

이런 두려움이 고개를 들었다. 하지만 물러설 수는 없었다. 수개월 전부터 오직 이날을 위해 준비해 온 노력이 떠올랐다. 함께 모여 시나리오를 쓰고, 역사적 사실을 검토하며, "한국의 문화를 제대로 알리고 싶다"라는 같은 목표를 품었던 순간들이 스쳤다. 그리고 나는 스스로에게 단호히 말했다.

"이건 우리가 준비한 행사다. 누군가의 도움을 마냥 기다리며 발만 동동 굴러서는 안 된다. 부족하더라도 우리가 할 수 있는 최선을 다해 보자. 그것이 진정한 환영이고, 우리가 책임져야 할 길이다."

그렇게 위기 속에서 오히려 새로운 아이디어가 떠올랐다.

한국의 음식을 맛보게 하고 싶어서 삼계탕을 대접했다. 첫날 준비한 각자 이름을 각인한 부채는 가는 순간까지 좋은 선물이라고 행복해했다.

"한옥마을 숙소에서 머무르게 하자. 대신 우리가 직접 그들을 맞이하고, 한국의 따뜻한 정을 보여주자."

단순히 잠만 잘 수 있는 그런 공간이 아니라, 한국 고유의 전통이 살아 있는 한옥마을이라면 그 자체가 이미 하나의 문화 체험이 될 것 같다고 생각했다. 나무 기둥과 기와지붕, 마당과 대청마루가 주는 분위기 속에서, 친구들은 머무는 순간마다 자연스레 한국의 역사와 생활 문화를 체감할 수 있을 터였다. 이 계획은 성공적이었다.

두 번 나누어서 장소를 옮겼는데 처음 4일은 장소는 협소했으나 조식을 한국식으로 차려주는 한국식 할머니의 손맛을 알게 해주는 곳이라 한국에

나의 손끝에서 피어나는 국가유산

만 있는 '정'을 느낄 수 있었다. 이후 수련회 (우리는 청소년문화단에서 주최하는 수련회에도 2박3일 참가했었다.) 참가 후, 5일 동안 정원이 있고 대청마루와 방이 3개가 있는 넓은 한옥을 준비했다. 반응은 폭발적이었다.

아름답다.
환상적이다.
행복하다.

한국의 정취를 느낄 수 있다등 무척이나 감동스러워하는 그 순수한 웃음과 환호 속에서 준비 과정의 불안과 긴장은 모두 사라지고, 남은 것은 진정한 뿌듯함이었다.

소중한 추억을 남기는 것 중에 한옥 스테이는 중요한 요소였다. 모두 대만족이었다.

8·15 광복절, 슬로바키아에서 온 선물

광복절 무대를 떠올리면, 나는 늘 하나의 질문에서 시작한다.

"우리의 역사 의식을 세계의 또래들과 나눌 수 있다면?"

'두나이스키 슬로바키아 학생 초청' 행사에서 또 하나 심혈을 기울였던 행사가 바로 〈8.15 서대문독립축제〉이다. 역사와 문화를 배우고 싶다는 그들에게 8·15는 가장 살아 있는 교과서였다. 그래서 나는 제안했다.

오케스트라와 합창연습도 중요하지만 가장 중요한 건 우리 역사를 알리는 것이었다 경복궁 도슨트를 하며 좀 더 알아 가는 시간을 가졌다.

"우리만 서지 말고 같이 서자."

CIC와 청소년문화유산 해설단, YMCA 오케스트라 단원, 슬로바키아 학생

나의 손끝에서 피어나는 국가유산

들까지. 약 60명의 청소년이 뜻을 모았다. 언어는 달라도 목적은 하나였다. 자유와 독립의 기억을 오늘의 우리 목소리로 부르는 것.

무대는 서대문형무소 독립문 앞. 이른 차가운 돌담과 철문, 남은 감방의 그림자 있는 서대문형무소를 관람이 아니라 기억의 현장에 서 있다는 사실이 우리를 단단히 묶었다. 나는 바랐다. 이날이 슬로바키아 친구들에게도 '남의 나라 기념일'이 아니라, 인류 보편의 가치를 기리는 시간으로 각인되기를 바랐다.

"혹시 너무 무겁지 않을까? 이들이 과연 우리의 아픔과 기쁨을 온전히 공감할 수 있을까?"

오케스트라와 합창연습도 중요하지만 가장 중요한 건 우리 역사를 알리는 것이었다. 경복궁 도슨트를 하며 좀 더 알아 가는 시간을 가졌다.

이런 의문이 스쳤다. 하지만 곧 그들의 눈빛에서 그 답을 찾을 수 있었다. 그들은 단순히 한국을 구경하러 온 손님이 아니었다. 우리와 비슷한 아픔을 겪었던 슬로바키아의 환경적 배경도 그렇고 그들에게 한국의 광복절은 낯선 나라의 기념일이 아니라, 인류 보편의 가치인 자유와 독립을 함께 기리는 날로 다가오고 있던 것이다. 그 마음은 준비 과정에서도 그대로 드러났다.

우리는 그들에게 '아리랑'을 소개했다. 단순히 오래된 민요 한 곡을 가르쳐 주려는 것이 아니었다. 나는 그 자리에서 아리랑이 한국인들에게 어떤 의미를 지니는지, 그 속에 어떤 정서가 흐르고 있는지를 최대한 진심을 담아 설명했다. 아리랑은 수백 년 동안 한국인의 입술에서 입술로 전해 내려오며, 슬픔과 희망, 이별과 화합의 정서를 함께 품어 온 노래였다. 힘겨운 역사의 순간마다, 사람들은 이 노래를 부르며 눈물을 삼켰고, 또 같은 노래를 부르며 서로의 손을 잡고 다시 일어섰던 역사를 가진 그런 노래.

내 설명을 들은 슬로바키아 학생들의 눈빛이 달라졌다. 처음에는 낯선 멜로디 정도로만 생각했을 그들이, 이내 숙연해지더니 곧 호기심과 결심이 가득한 표정으로 내게 말했다.

"우리도 배우고 싶다."

그 말 한마디는 단순한 요청이 아니라, 우리 역사를 함께 느끼고 싶다는 다짐처럼 들렸다. 나는 가사를 영어로 번역해 건네주었고, 발음 표기도 세세히 적어주었다. 'Arirang, Arirang, Arariyo…'라는 소절을 반복하며 설명할 때, 그들은 진지한 눈빛으로 나를 바라보며 하나하나 따라 불렀다.

나의 손끝에서 피어나는 국가유산

한강투어를 마치고 세빛둥둥섬 카페에서 아리랑과 애국가를 함께 배우고 알려주며 더욱 돈독해졌다. 우리와 두나이스키 친구들의 열정이 너무나 뜨거워서인지 한여름 소나기가 내려 잠시 더위를 식히기도 했다.

　놀라운 건, 단 이틀 만에 그들이 아리랑을 거의 완벽하게 외웠다는 사실이었다. 억양과 발음은 한국인과는 조금 달랐지만, 노래에 담긴 진심은 전혀 다르지 않았다. 그들은 단순히 멜로디를 흉내 낸 것이 아니라, 노래의 정서를 이해하고자 노력한 모습이 내게 감동으로 다가왔다.

　국적도, 언어도, 성장한 배경도 다른 친구들이 우리 민족의 혼을 담은 노래를 불러주고, 우리의 역사를 함께 기억해 주고 있었다. 그 장면은 단순한 합창 공연이 아니었다. 그것은 국경을 넘어선 연대의 증거였고, 서로 다른 이들이 같은 마음으로 한 자리에 서 있을 수 있음을 보여주는 상징이었다.

　노래가 국경을 넘어서는 순간이었다.

드디어 60명은 하나가 되고 〈서대문독립축제〉에 독립문 앞에서 우리는 하나가 되어 멋진 하모니를 이루었고 모두 걸음을 멈추고 여기저기서 우리의 노래를 따라 부르고 감동의 박수를 쳐주셨다.

"Arirang, Arirang, Arariyo…"

독립문 앞에 아쟁의 애절한 울림을 필두로 맑고 단단한 하모니가 번졌다. 다른 국적, 다른 언어, 다른 성장 배경의 친구들이 우리 민족의 혼을 담은 노래를 부르고 있었다. 그 장면은 합창이 아니라 연대였다.

하나둘 우리의 모습을 보고 모여들어 함께 부르는 방문객들과 다른 팀들. 아리랑의 여운 위로 마지막 순서, 애국가가 이어졌다. CIC와 오케스트라, 슬로바키아 학생들이 함께였다.

누구는 애국가를 연주하고 누구는 애국가를 부르고 누구는 태극기를 꼭

나의 손끝에서 피어나는 국가유산

쥔 채, 서툰 발음으로 허밍을 했다.

"대한 사람 대한으로 길이 보전하세."

그 소절은 완벽하지 않아서 오히려 더 완전했다. 자유와 평화를 바라는 마음이 국경을 넘어 한자리에 모였다. 나 역시 그날을 통해 다시 한번 다짐했다. 청소년국가유산지킴이로서 내가 하는 일은 단순히 유적을 보존하는 것이 아니라, 한국의 역사와 문화를 세계와 연결하는 일이라는 것을.

무대 위에서 느낀 벅찬 감정과 국경을 초월한 울림은 나의 가슴속 깊이 새겨졌다. 그날의 경험은 나로 하여금 더 넓은 세상과 한국의 이야기를 나누고 싶다는 꿈을 품게 했다. 그 꿈은 지금도 내 발걸음을 앞으로 나아가게 하는 원동력이 되고 있다.

포스터 하나 없이도 관객의 표정은 변했다. 박수는 길었고, 침묵은 더 길었다. 무대에 섰던 아이들은 저마다 다른 자람을 얻었다. 누군가는 처음으로 무대 책임을 배웠고, 누군가는 한 곡의 노래가 문화 교류의 다리가 된다는 사실을 깨달았다.

작은 태극기를 흔드는 외국 학생들의 손짓은 '문화유산'이 과거의 유물에 머물지 않고 오늘의 우리를 이어주는 매개임을 증명했다.

지킴이의 정의가 넓어지다

그날 이후, CIC는 '동아리'를 넘어 공동체가 되었다. 우리는 단지 유적을 보존하는 사람이 아니라, 그 안의 의미를 나누고 공감하게 만드는 사람이라는 것을 배웠다. 광복절 무대는 나에게 확신을 주었다. 청소년국가유산지킴이의 일은 한국의 이야기를 세계와 연결하는 일이며, 목소리로, 몸짓으로, 노래로 현재에 불을 붙이는 일이라는 것을. 그날의 울림은 내 안에 이렇게 남았다.

국가유산은 과거의 산물이 아니라, 오늘 서로의 마음을 잇는 다리다. 그리고 그 다리 위에서 우리는 국경을 넘어, 같은 노래로 하나가 될 수 있다.

학교 클럽 홍보의 날. 국가유산과 전통 놀이를 홍보하여 많은 친구와 선생님의 관심을 받았다.

전국국가유산지킴이날 기념식. 혼자 가다가 CIC가 함께 참가해 영어로 국가유산지킴이의 역사를 소개하는 공연을 했다.

탑골공원 게이트 플로깅. 더 많은 친구들이 참여했다.

4장

CIC
작은 씨앗에서 공동체로

조선후기 대표적 이궁인 경희궁 숭정전

인조 이후 철종까지 10대에 걸쳐 임금들이 이곳 경희궁을 이궁으로 사용하였는데, 특히 영조는 치세의 절반을 이곳에서 보냈다. 경복궁을 중건하면서 경희궁의 많은 건물이 옮겨갔으며 특히 일제가 대한제국을 강점하면서 경희궁은 본격적인 수난을 맞이했다.

경희궁의 단청

기록의 무게, 성장의 증거

국가유산청에서 운영하는 청소년국가유산지킴이 사이트

나의 손끝에서 피어나는 국가유산

CIC 활동에는 또 다른 중요한 과정이 있었다. 바로 보고서 작성이었다. 해설, 환경정화, 교환학생 프로그램을 마친 뒤에는 반드시 기록을 남겨야 했다. 사진과 활동 내용을 꼼꼼히 정리하며, 나는 다시 한번 활동을 되새겼다. 때로는 글을 쓰는 시간이 현장에서 보낸 시간보다 더 길게 느껴지기도 했지만, 그 과정이 있었기에 내가 걸어온 길을 더욱 뚜렷하게 기억할 수 있었다.

그렇게 쌓인 보고서는 작은 역사책처럼 두께를 더해 갔고, 나는 점차 책임감을 가진 활동가이자, 한 명의 리더로 성장해 갔다. 국가유산청 산하 청소년국가유산지킴이 활동 보고서 작성에 대해 궁금하다면 언제든 이메일로 질문하시길.

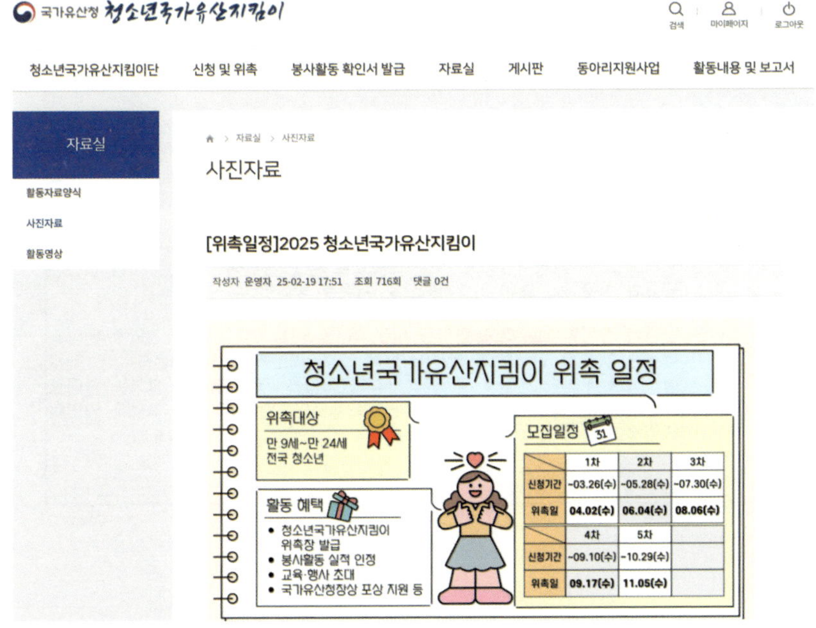

	1차	2차	3차
신청기간	~03.26(수)	~05.28(수)	~07.30(수)
위촉일	04.02(수)	06.04(수)	08.06(수)
	4차	5차	
신청기간	~09.10(수)	~10.29(수)	
위촉일	09.17(수)	11.05(수)	

청소년국가유산지킴이 신청 일정이 나와 있다. 위촉장 발급 후 개별적인 활동도 가능하고 클럽활동은 공지 후에 선발을 한다.

지킴이단명 (소속)	CIC (채드윅국가유산지킴이)		
활동일시	2024. 8. 07(수요일) 17:00~20:00(3시간)		
활동인원	서지훈 등 3명 (명단 첨부)	봉사시간 입력 회망 유무	유 (●) 무 ( )
지도교사			
활동장소	인천공항 제 1 터미널		
활동 국가유산	2024 한국-슬로바키아 청소년 문화교류 워크샵		
주요 활동 내용	CIC 활동보고서 11차 2024 한국-슬로바키아 청소년 문화교류 워크샵 (1) 2024 한국 슬로바키아계 헝가리소수민족 학생들 워크샵을 CIC와 청소년 문화단이 함께 두달여에 걸쳐서 준비를 해왔고 2024년 8월7일 오후 5시 인천공항으로 입국을 하였습니다. 예정시간보다 41분 늦게 도착을 했지만 헝가리말로 " 한국에 온걸 환영합니다" 라고 쓴 프랭카드를 들고 서있으니 오랜 친구를 기다리는 것같은 셀레임과 긴장이 느껴졌다. 생각보다 많은 외국인의 한국방문에 놀랐고 또 한편으로한국의 위상이 많이 좋아졌다는 생각에 기분좋아지기도했습니다. 그 덕에 우리 워크샵팀들은 조금 시간이 걸려서 나왔지만 기다린만큼 문이 열리고 오랜 비행시간에도 밝은 모습으로 손을 흔들며 나오는 19명의 선생님들과 친구들을 보니 기쁨마음으로 서로를 맞이할 수 있었습니다. 간단히 환영인사를 하고 환담을 나눈 후 환전을 하고 내일을 기약하며 미리 대절한 버스로 안내하고 식사와 한옥 스테이할 북촌으로 향했습니다. 식사 장소에서 우리가 선물로 준비한 각각의 이름을 새긴 부채를 받고는 좋아했다는 소식을 듣고 정말 뿌듯한 마음이 들었다. 앞으로 좋은 추억과 인연이 되었으면 합니다.		

리포트 준비 양식 1(보고서)

활동사진1	 
활동사진2	
활동사진3	
활동사진4	
활동 동영상 (유튜브) **URL**	

※ 활동하는 모습이 담긴 사진 및 활동내용을 알 수 있는 사진 (4매 이내)을 첨부해야 함

리포트 준비 양식 2(행사 사진)

NO	학　　교	성　　명	생년월일
1	채드윅송도국제학교		
2	채드윅송도국제학교		
3	채드윅송도국제학교		

리포트 준비 양식 3(참가자 명단)

🏠 > 활동내용 및 보고서 > 활동보고서

활동보고서

Total 42건 1 페이지　　　　　　제목　JohnSuhICI　검색

번호	제목	글쓴이	날짜	조회
42	20251012 CIC 활동보고서 23 11주년 궁중문화축전 마지막날 '낙선재 100년의 시간과 풍경' 낙선...	서지훈	2025-10-21	333
41	20251011 CIC 활동보고서 22 넷째날 11주년 궁중문화축전 넷째날 '낙선재 100년의 시간과 풍경'...	서지훈	2025-10-20	331
40	20251010 CIC 활동보고서 21 11주년 궁중문화축전 셋째날 비오는 날 '낙선재 100년의 시간과 풍경...	서지훈	2025-10-19	340
39	20251009 CIC 활동보고서 20 11주년 궁중문화축전 둘째날 '낙선재 100년의 시간과 풍경' 낙선재...	서지훈	2025-10-18	344
38	20251008 CIC 활동보고서 19 11주년 궁중문화축전 첫째날 '낙선재 100년의 시간과 풍경' 낙선재...	서지훈	2025-10-17	392
37	20251005 CIC 활동보고서 18 탑골공원 무료급식 7 추석선물 증정및 환경정화	서지훈	2025-10-15	353
36	20251004 CIC 활동보고서 17 인천 하우리 고려인 축제 지원활동	서지훈	2025-10-14	365
35	20250907 CIC 활동보고서 16 탑골공원 무료급식 6및 환경정화	서지훈	2025-09-29	326
34	20250815 CIC 활동보고서 15 20250815 광복 80주년 기념 영상 제작및 SNS 게시.	서지훈	2025-08-21	333
33	20250803 CIC 활동보고서 14 탑골공원 무료급식 봉사활동 5 환경정화	서지훈	2025-08-14	301
32	20250706 CIC 활동보고서 13 탑골공원 무료급식 봉사활동 4 및 탑골공원 환경정화 [1]	서지훈	2025-08-12	290
31	20250622 CIC 활동보고서 12 6.25기념 인천지역 기억과 감사의 달 대장정 -월미도	서지훈	2025-08-10	320
30	20250622 CIC 활동보고서 11 6.25기념 인천지역 기억과 감사의 달 대장정 2차 자유공원	서지훈	2025-07-24	366
29	20250622 CIC 활동보고서 10 6.25기념 인천지역 기억과 감사의 달 대장정 2025 1차	서지훈	2025-07-08	324
28	20250603 CIC 활동보고서 9 채드윅교내 international week UNESCO 소개와 한국문...	서지훈	2025-07-07	312

목록　글쓰기

그동안의 활동을 세세히 기록하고 영상도 올렸다.

나의 손끝에서 피어나는 국가유산

**CIC 채드웍청소년국가유산지킴이 의 1
년동안의 활동영상**

2025-10-21 / 조회 : 59

**CIC 채드윅청소년국가유산지킴이 궁중
문화축전 마지막날 활동영상**

2025-10-21 / 조회 : 77

**CIC 채드윅청소년국가유산지킴이 활동
영상 11주년 궁중문화축전 넷째날 '낙선
재 100년의 시간과 풍경' 낙…**

2025-10-20 / 조회 : 80

**2025. 청소년국가유산지킴이 활동 영상
_원화중학교+역지사지**

2025-10-19 / 조회 : 108

**CIC 활동영상 11주년 궁중문화축전 셋
째날 비오는 날 '낙선재 100년의 시간과
풍경' 낙선재 영어도슨트와…**

2025-10-19 / 조회 : 81

**CIC 채드윅청소년국가유산지킴이 11주
년 궁중문화축전 둘째날 '낙선재 100년
의 시간과 풍경' 낙선재 영어도…**

2025-10-18 / 조회 : 87

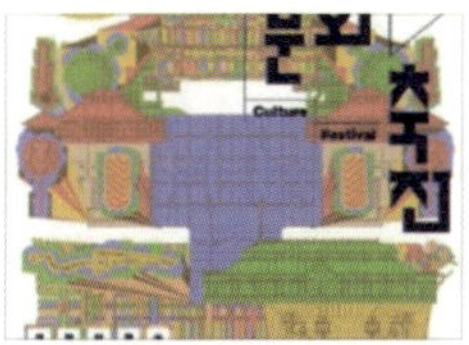

**20251008 CIC 활동영상 11주년 궁중
문화축전 첫째날 '낙선재 100년의 시간
과 풍경' 개막식 및 …**

2025-10-17 / 조회 : 100

**2025년 CIC 채드윅청소년국가유산지킴
이의 탑골공원 무료급식과 환경정화**

2025-10-15 / 조회 : 87

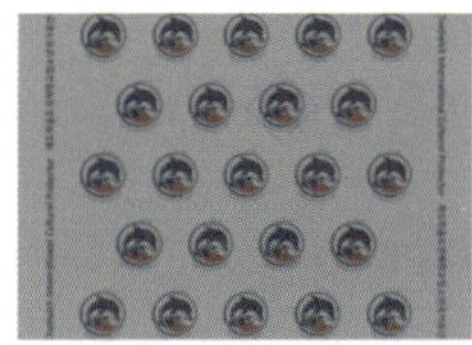

**20250815 CIC(채드윅송도국제학교청
소년국가유산지킴이) 광복 80주년 기념
영상 제작및 SNS 게시.**

2025-10-14 / 조회 : 87

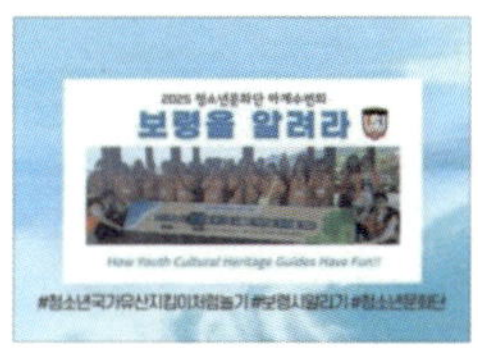

**청소년 국가유산지킴이들이 노는 법-20
25 청소년문화단 하계수련회 1**

2025-09-10 / 조회 : 117

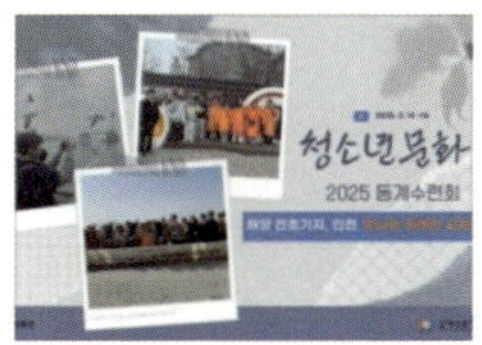

**청소년국가유산지킴이들이 노는 법-20
25 청소년문화단 동계수련회 1**

2025-09-10 / 조회 : 116

**2024 국제교류문화진흥원 국가유산지
킴이 활동**

2024-11-18 / 조회 : 272

그동안의 활동을 세세하고 기록하고 올린 영상

CIC. 리더십의 시작

CIC는 단순한 동아리가 아니었다. 그것은 나에게 진정한 리더십의 시작이었다. 리더십은 앞에서 지시하는 것이 아니라, 함께 길을 걷고, 서로의 마음을 모으며, 어려움 속에서도 포기하지 않는 것이었다.

혼자서도 무언가 할 수 있었겠지만, 함께였기에 동기를 가지고 지속할 수 있었다. 처음 4명의 친구와 한 분의 선생님으로 시작한 작은 씨앗은, 이제 학교 안에서 한국 문화유산을 알리는 울림으로 자라나고 있다. 그리고 그 길 위에서 나는 여전히 배우고 성장하고 있다. 25명의 친구, 후배들과 지속 가능한 클럽을 만들어 가기 위한 노력을 계속하려고 한다.

교내 활동 중 딱지치기와 다양한 체험활동이 큰 호응을 얻었다.

좀 더 많은 친구들과 선생님들에게 CIC클럽을 알리고 관심을 갖도록 다양한 체험과 활동을 기획했다.
(2024 채드윅국가유산지킴이 행사)

나비효과의 힘을 믿다

되돌아보면 처음 CIC 활동을 시작했을 때, 나와 함께한 친구들은 손가락으로 꼽을 만큼 적었다. 고작 다섯 명 남짓한 작은 모임이었고, 그마저도 처음에는 큰 기대나 사명감과는 거리가 있었다. 누군가는 단순히 친구를 따라왔고, 또 다른 누군가는 새로운 경험이 될까 싶어 호기심으로 발을 들였을 뿐이었다. 그러나 현장에 나서자마자 우리를 기다리고 있던 건 생각보다 훨씬 고된 일이었다.

여름에는 땡볕 아래서 쓰레기를 줍느라 온몸이 땀으로 젖었고, 겨울에는 매서운 바람에 손끝이 얼어붙는 가운데 환경정화와 해설 준비를 이어가야 했다. 봄과 가을이라고 크게 다르지 않았다. 꽃이 피고 낙엽이 흩날리는 계절에도 우리는 쓰레기 봉투를 들고 다녀야 했고, 집에 돌아오면 다리가 통통 붓는 고단함이 남았다. 자연스레 친구들 사이에서는 불평이 터져 나왔다.

"오늘은 너무 덥다."

CIC는 힘들수록 더욱 하나가 되어갔다.

"이렇게 추운데 왜 나와야 해?"

활동이 끝난 뒤 집으로 돌아가는 길에는 "다시는 안 나오고 싶다"는 말이 입버릇처럼 흘러나왔다. 쓰레기를 줍는 단순 반복 작업은 지루했고, 외국인을 상대로 한 해설 준비는 긴장과 부담으로 가득했다. 어떤 친구는 "이런 걸 한다고 뭐가 달라지겠어?"라며 회의적인 말을 던지기도 했다.

사실 나도 다르지 않았다. 탑골공원에 처음 발을 들였을 때, 술 냄새와 쓰레기, 낙후된 시설을 마주한 순간 '내가 왜 여길 와야 하지?'라는 의문이 스치기도 했으니까. 하지만 동시에 마음 한편에서 '이곳을 그냥 두고 볼 수는

활동할 때마다 더 열심히 많은 친구들이 함께 하나가 되어갔다.(2024 흥인지문 게이트 플로깅)

없다'라는 울림이 찾아왔다. 왜냐하면 탑골공원은 그냥 쉼터가 아니라, 3·1 운동의 발상지이자 독립운동의 숨결이 깃든 소중한 공간이었기 때문이다.

그래서 나는 다짐했다. 지금 당장은 작은 변화일지라도, 우리가 치운 쓰레기봉투 하나, 우리가 전한 짧은 설명 한 마디가 언젠가 누군가에게 이곳의 가치를 일깨워줄 수 있을 거라고. 큰 성과를 당장 확인하지 못하더라도, 포기하지 않고 이어가는 것 자체가 의미 있는 일이라고 그런 나비효과를 만들어낼 것이라고 믿었다.

CIC 활동에 진심이 되어가다

시간은 흐르고, 친구들의 태도에도 조금씩 변화가 찾아왔다. 그 전환점은 탑골공원에서 진행한 첫 무료 체험 행사. 어르신들을 위해 키링 만들기, 가죽 지갑 만들기, 색칠놀이 프로그램을 준비하며 우리는 300세트가 넘는 준비물을 손수 챙겼다. 행사 당일에는 아침부터 모여 무거운 박스를 나르고 텐트를 설치하며 분주히 움직였다. 처음에는 아이들의 얼굴에 지친 기색이 역력했지만, 막상 프로그램이 시작되자 상황은 완전히 달라졌다.

"정말 예쁘다, 고맙다."

어르신의 음료를 내미신 손길에 친구의 눈시울이 붉어졌고,

"이건 어디서도 살 수 없는 선물이네."

그 말에 또 다른 친구는 자부심으로 얼굴이 환하게 빛나는 것이 보였다.

탑골공원 내에서 고등학생 클럽이 이 정도 규모의 체험 활동은 처음인 듯하다.

불평과 투덜거림으로 시작했던 친구들이 누군가의 미소를 보며 보람을 느끼는 모습이 내 눈앞에서 생생하게 펼쳐지며, 나 역시 뿌듯함을 느끼게 되었다. 그날의 행사는 단순한 체험을 넘어, '문화유산을 지킨다'라는 일이 곧 사람과 마음을 이어주는 일이라는 사실을 깨닫게 해주었다. 그러나 그 길은 언제나 순탄치 않았다. 같은 행사 당일 아침, 관리사무소의 전화를 받았을 때의 긴장감은 지금도 잊을 수 없다.

"허락받지 않은 활동은 진행할 수 없다"

관리사무소의 엄포에 당황한 나는 몇 주간 준비한 모든 것이 무너져 내릴 듯했다. 현장에서 만난 관리소장님은 단호했고 아이들의 기대와 설렘을 생각하니 결코 물러설 수 없었다. 그러나 나 혼자만으로는 벽을 넘기 어려웠다. 그때 어머니가 조용히 옆에서 이야기를 거드셨다. 차분하면서도 단단한 목소리로 아이들의 진심을 설명하셨는데, 그러자 관리자의 단호한 말투가 점차 누

나의 손끝에서 피어나는 국가유산

그러지기 시작했다.

"오늘만 진행하세요. 대신 반드시 현장을 원상복구 하십시오."

그 말이 떨어지는 순간, 하나둘 모여든 우리 단원은 모두 숨을 돌릴 수 있었다. 그날 종로구청 관계자도 오셔서 또 한 번의 설명을 해야 하는 일이 벌어졌다. 나와 어머님의 호소가 다시 한번 이어지던 그 순간, 한 어르신이 직접 만드신 키 링과 색칠한 종이를 들고 오셔서 기쁜 표정으로 말씀하셨다.

"사진 좀 찍어줘. 우리 손자한테 자랑하게"

소가죽 지갑, 키링 만들기와 색칠 놀이는 3시간 만에 300개가 다 소진될 만큼 어르신들과 관광객들에게 폭발적인 관심과 인기를 끌었다.

말씀하시던 할아버지를 보고는 앞으로는 미리 신청하라며 물러서기도 했
다. 만약 어머니의 설득이 없었다면, 그날의 행사는 시작조차 하지 못했을 것
이다. 나는 그 순간, 어른이 가진 무게와 그 책임감을 처음으로 깊이 실감했
다. 그리고 언젠가 나도 누군가에게 그런 신뢰와 안도감을 줄 수 있는 사람이
되고 싶다는 다짐이 생겼던 순간이었다.

행사는 성공적으로 끝났고, 공원은 축제의 장처럼 활기를 띠었다. 어르신
들은 아이처럼 웃으며 작품을 자랑했고, 친구들은 자부심으로 얼굴이 빛났
다. 그날 이후 CIC는 단순한 동아리를 넘어 작은 공동체가 되었다. 이제는 아
이들이 나를 재촉하기 시작했다.

"다음엔 어떤 활동을 해요?"
"이번엔 몇 세트를 준비해야 해요?"

내가 지시하거나 제안을 하지 않아도 스스로 아이디어를 내고 역할을 나
누며 주도적으로 움직였다. 불과 몇 달 전만 해도 억지로 따라오던 친구들이
이제는 함께 책임을 지고, 서로를 북돋우며 성장하고 있었다.

나는 그 과정을 지켜보며 리더십의 본질을 배웠다. 리더란 앞장서는 사람
이 아니라, 옆에서 함께 걸으며 기다려주는 사람이라는 것을. CIC의 성장은
숫자로 보이는 성과가 아니었다. 그것은 마음속에 새겨진 자부심과 책임감,
그리고 작은 씨앗처럼 뿌려진 깨달음이 싹을 틔웠다는 증거였다.

CIC에서 보낸 시간은 고단했지만, 그만큼 값졌다. 우리가 함께 걸어온 길

나의 손끝에서 피어나는 국가유산

색칠놀이를 처음해 본다면서 "치매에 좋다며"라며 웃으시는데 그 모습이 꼭 우리는 계속 이 봉사를 해야 한다는 마음을 가지게 해주었다.

위에는 땀과 웃음, 좌절과 감동이 뒤섞여 있었다. 그리고 그 길은 나를 단단하게 성장시켰다. 나는 오늘도 그때의 다짐을 품는다.

"작은 변화라도 결코 헛되지 않다."

탑골공원, 한 끼의 온도

CIC 활동이 체계로 잡혀갈수록, 내 시선은 자연스레 안내판과 석탑에서 벤치의 사람들로 옮겨갔다. 여름엔 그늘을 찾아 옹기종기 모여 앉은 어르신들, 겨울엔 돌계단 위에서 두 손을 비비던 노숙인들, 그리고 끼니때가 되면 공원 가장자리에 길게 늘어서는 무료급식 줄. 그 풍경을 스쳐 지나올 수 없게 된 어느 날, 마음속에서 조용한 문장이 솟았다.

"문화유산을 지킨다는 건, 과연 무엇을 뜻하는가?"

돌을 닦고 안내판을 세우는 일만으로 충분한가. 아니면 그 공간에서 오늘을 살아내는 사람들의 삶까지 보듬어야 '지킴이'라 부를 수 있는가. 그 질문은 나만의 것이 아니었다. 봉사를 마치고 돌아오는 길, 친구들도 같은 말을 꺼냈다.

"쓰레기봉투보다 오늘 줄 선 어르신들의 얼굴이 더 오래 남아."

탑골공원 원각사 무료 급식소 봉사. KB 전국청소년자원봉사대회 동상 상금 100만 원 기부와 간식 협찬으로 시작되었다. 이 활동은 CIC가 있는 한 매월 첫째 주 일요일에 계속될 것이다.

우리는 답을 행동으로 찾기로 했다. 탑골공원에서 무료급식 봉사를 시작하자고.

사실 마음만 앞세우기엔 두려움이 컸다. 뉴스 속 기부금 논란과 운영 갈등은 '좋은 의도'가 곧 '좋은 결과'가 되지 않음을 알려주었다. 청소년인 우리가 감당하기엔 복잡한 절차와 책임, 그 무게도 분명했다.

그러다 공원 인근에 새로 단장한 급식소를 확인하게 됐다. 깔끔한 시설, 질서정연한 배식과 자원봉사자들의 안정된 동선. 무엇보다 운영의 투명함이 신뢰를 주었다. 게다가 처음부터 탑골공원에서 무료 급식을 시작한 곳이라 더

급식소 자원봉사자들은 모두 밝은 목소리로 "맛있게 드세요", "건강하세요" 외치면서 10년 이상씩 봉사하신 분들이다. 어린 우리의 등장에 처음엔 얼마나 하려나 했지만, 꾸준하고 열심히 하는 모습에 지금은 너무나 듬직해하신다.

믿을 수 있었다.

"여기라면 우리가 함께해도 괜찮겠다."

이곳은 봉사시간을 채우기 위한 활동이 아니라, 진짜로 어르신들에게 도움이 되고, 우리의 정성이 온전히 전해질 수 있는 곳이라는 확신이 들었다. 나는 친구들에게도 이 경험을 이야기하며 함께해 보자고 제안했다.

문화유산을 지키는 일이 과거의 가치를 이어가는 것이라면, 무료 급식 봉사는 현재를 살아가는 이들에게 손을 내미는 또 다른 지킴이의 모습일 수 있다고 말했다. 그렇게 해서 우리는 마침내 오래도록 고민만 하던 무료 급식 봉사에 발을 들여놓게 되었다.

나의 손끝에서 피어나는 국가유산

어르신들을 위한 급식을 위해 KB 전국청소년자원봉사대회에서 동상 부상으로 탄 100만 원을 CIC 이름으로 기부하고 우리의 급식 봉사는 시작되었다.

첫 봉사는 낯설고 서툴렀다. 국그릇을 쏟지 않으려 손을 움켜쥔 채 다음 반찬을 집어야 했고, 무거운 밥통을 옮기며 속도를 놓치지 않아야 했다. 긴 줄을 기다리게 하지 않으려면 실수할 틈이 없었다.

배식은 배식대로, 그릇은 그릇대로, 설거지는 설거지대로. 그리고 식탁 위의 부스러기, 입구의 협찬 메뉴까지 나누면서 돌아다녔다. 모두 땀인지 물인지 모르지만, 누구 하나 인상 쓰지 않았다. 매번 10여 명이 넘는 우리 CIC 단원들은 각자의 자리에서 쉴 틈 없이 눈을 돌리며, 아쉽지 않게 해드리기 위해 신경 쓰고 있었다. 단 한마디면 충분했다.

"고맙다."

짧은 인사, 식판을 돌려주며 건네는 눈웃음, 두 손을 모아 인사하는 모습…. 그 몇 초가 온종일의 피로를 지웠다. 잊지 못할 장면도 있다. 배식을 하던 친구가 그릇을 받으러 온 어르신의 손등을 스쳤다. 얼음장처럼 차가운 어르신의 체온. 친구는 말없이 국을 더 퍼 담아 드렸다. 고개를 숙인 채 붉어진 눈가. 그리고 그 순간 나는, 무료 급식 봉사가 '음식을 건네는 행위'가 아니라 '마음을 건네는 일'임을 배웠던 것 같다.

그 뒤로 '유산'의 범위는 내 안에서 넓어졌다. 웅장한 대문과 반듯한 석탑만

우리가 이 땅에 살아 숨 쉴 수 있는 건 어르신들의 노력이 있기 때문이라고 생각한다. 우리는 늘 숙연해진다. 보통 하루 320분 정도 식사를 하신다.

이 유산이 아니었다. 그 공간에서 이어지는 삶, 하루를 버티는 손길, 서로에게 건네는 말 한마디…. 보이지 않는 것들 또한 우리가 지켜야 할 유산이었다.

우리가 흘린 땀방울은 단지 청소의 결과물이 아니었다. 무심히 지나치던 장소를 '다시 보게' 하는 작은 불씨였다. 누군가에겐 깨끗해진 벤치, 누군가에겐 따뜻한 한 끼, 그러나 그 안에는 "우리는 이 역사를 오늘도 이어가고 있다"라는 조용한 확신이 담겨 있었다.

나의 손끝에서 피어나는 국가유산

확장되는 '지킴이'의 의미

CIC의 활동은 그렇게 한 걸음 더 나아갔다. 과거의 가치를 설명하고 보존하는 일에서, 현재의 삶을 끌어안는 일로. 궁궐과 석탑같이 눈에 보이는 유산과 사람과 마음처럼 보이지 않는 유산을 함께 지키는 길로.

CIC는 제1기 제주 UNESCO 한국세계유산 국제청소년 탐방홍보단으로 2박3일 동안 제주도 곳곳의 세계유산을 탐방하며 국가유산지킴이로서의 영역을 확장시켰다.

학교 international day 때 1~12학년 전체 학년들에게 우리문화를 소개했다.

처음엔 서툴렀던 무료 급식 봉사가 우리 모두에게 깊은 배움의 시간이 되었다. 힘들고 지쳤던 순간들이 오히려 우리를 단단하게 만들었고, 따뜻한 말과 눈빛 하나가 얼마나 큰 힘을 주는지를 깨닫게 해주었다. 그날의 경험은 봉사시간을 채우기 위한 '노동'이 아니라, 사람과 사람을 이어주는 가장 진실한 다리라는 사실을 다시금 일깨워주었다.

무료 급식 봉사는 그저 어르신들에게 끼니를 제공하는 일이 아니었다. 그것은 우리가 지켜야 할 문화유산이 '사람'에게도 있다는 사실을 일깨워주는 경험이었다. 역사의 현장을 보존하고 알리는 것도 중요하지만, 그 곁에서 살아가는 이들의 삶을 보듬는 것 또한 우리가 해야 할 일이었다.

나의 손끝에서 피어나는 국가유산

6·25 기억과 감사의 달 대장정이라는 이름의 프로젝트 활동 사진.

CIC의 활동은 그 지점을 분명히 보여주었다. 탑골공원에서 시작된 우리의 작은 발걸음은, 이제 문화유산과 사람을 동시에 지키는 길로 확장되고 있었다.

말과 실천, 그리고 울림
더 큰 지킴이로

덕수궁 중화전에 있는 청동 향로

2010년 100여 년 만에 뚜껑을 찾아 복원되었다.

이 향로 뚜껑은 종묘에서 옮겨온 유물에 섞여 있었다고 한다. 다리가 셋 달린 이 향로는 1904년 화재로 소실된 중화전을 중건한 1905년 때 등장했다고 한다.

덕수궁 돈덕전

1902년 고종 즉위 40주년을 기념하기 위해 지어진 2층짜리 건물로, 1907년 순종의 즉위식이 거행된 역사적 장소이기도 하다. 돈덕전은 일제강점기 때 헐렸다가 2017년부터 문화재청에 의해 발굴조사와 재건 공사가 이뤄져 2023년 9월 26일부터 공식 개관되었다. 돈덕전 앞 회화나무도 꼭 찾아보시길. 1670년에 식재되었다고 한다.

유튜브 촬영, 그리고 산불

청소년국가유산지킴이로 활동하던 어느 날, 뜻밖의 제안이 찾아왔다. '우리집넷째형'이라는 유튜브 촬영에 참여하는 기회가 생긴 것이다. 내가 직접 문화유산과 봉사 경험을 나누는 자리를 가지게 되었다.

'우리집넷째형'이라는 유튜브에 나가 "자연유산법에대한 설명과 한양도성 탐방"이란 주제로 함께 산행하며 촬영했다.

지금껏 사람들을 직접 만나 해설하고, 환경정화를 하고, 공간을 정화하는 활동이 내 일상이었지만, 카메라 앞에 선다는 것은 전혀 다른 차원의 도전이었다. 긴장도 됐고 두려움도 있었지만, 동시에 내가 보고 느낀 것들을 더 많은 이들에게 전할 수 있다는 사실은 가슴을 뛰게 했다.

촬영의 주제는 자연유산법에대한 설명과 한양도성 탐방. 나는 오래전부터 품어 왔던 확신을 준비된 문장 속에 담았다. 문화유산은 단순히 돌과 나무로 지어진 건축물이 아니라 인간과 자연이 어우러져 만들어낸 결과물이다. 따라서 기후변화와 산불, 대기 오염과 같은 환경 문제는 곧 문화유산의 존속과 직결된다.

붉은 불빛이 켜진 카메라 앞에서 나는 숨을 고르고 탑골공원에서의 경험을 꺼냈다. 쓰레기를 줍는 작은 일이 그 공간의 가치를 되살리는 첫걸음이 되었음을 말했다. 이어서 하와이의 산불 피해, 유럽에서의 폭우로 인한 침수, 태풍에 무너진 고대 사원의 사례를 전해 듣게 되었다. 이러한 사례를 보며, 기후변화는 국가유산에도 심각한 문제가 되겠다는 생각이 들었던 계기가 되었다.

"문화유산은 과거의 기록이 아니라, 오늘 우리가 어떻게 지키고 가꾸느냐에 따라 미래 세대에게 남겨줄 수 있는 현재의 유산이다. 그렇기에 환경을 지키는 일은 곧 문화유산을 지키는 일이다."

그 순간 나는 단순한 해설사가 아니라, 나와 같은 세대의 목소리를 대변하는 전달자가 된 듯한 책임감을 느꼈다.

갑자기 준비 없이 나가 아쉬운 부분도 있었지만, 나름 재밌게 진행되었다.

촬영을 마치고 영상을 다시 보았을 때, 내 말은 예상보다 훨씬 무겁게 다가왔음을 알게 되었다. 1년 후, 그것은 잔혹할 만큼 현실로 다가왔기 때문이다. 텔레비전 화면 속 안동의 대규모 산불. 붉은 화염은 산 능선을 집어삼키듯 번져나갔고, 그 불길은 마치 거대한 괴물이 산 전체를 삼키려는 듯했다.

안동 산불은 단순한 지역적 사건이 아니라, 우리 모두가 마주해야 할 시대적 현실이었다. 건조한 날씨와 강풍이 맞물려 불길은 삽시간에 수 킬로미터로 확산됐다. 대피 방송이 울리자, 주민들은 짐조차 챙기지 못한 채 집을 떠나야 했다. 소방헬기와 소방차가 총동원되었지만, 불길은 방향을 바꾸며 인력을 압도했다. 마을 초입까지 번져온 불길 앞에서 사람들은 숨죽여 절망을 삼켜야 했다.

더 안타까운 것은 문화유산이었다. 하회마을, 봉정사, 병산서원, 도산서원…. 이름만 들어도 역사와 정신이 깃든 공간들이 불길의 위협에 노출되었다. 수백 년을 버텨온 기와와 목조건축, 문화재로 지정된 고가들이 잿더미로 변할지도 모른다는 소식은 나의 심장을 조여 왔다.

문화재청과 지자체, 주민들은 밤새 모래주머니를 쌓고, 물을 뿌리며 불씨가 옮겨붙지 않도록 지켰다. 다행히 주요 유산은 큰 피해를 면했지만, 산림 수백 헥타르와 마을은 깊은 상처를 입었다. 그 순간, 나는 책에서 수없이 읽었던 문장을 떠올렸다.

"기후변화로 인해 문화유산이 위협받고 있다."

그 문장은 더 이상 추상적이지 않았다. 붉은 불길, 회색 연기, 무너지는 기와와 검게 그을린 목조 건물들. 그 문장은 생생한 현실이 되어 우리를 위협하고 있었다.

'수백 년의 시간을 견뎌온 건축물'
'역사의 증언자라 불리던 유적'

이 모든 것이 한 번의 산불 앞에서는 아무런 힘을 쓰지 못한 채 사라질 수 있다는 사실을 두 눈으로 보면서 깨닫게 되었다. 수많은 비바람을 견뎌냈고, 전쟁과 격동의 세월을 버텨낸 건물들이지만, 인간이 만든 경계와 장치는 자연 앞에서는 너무나 나약했다. 불길은 마치 그것들이 가진 오랜 세월의 무게 따위는 아랑곳하지 않는 듯, 그 자리를 무섭게 집어삼키며 한순간에 모든 것

한양도성 중 한 곳인 백악산에서 촬영한 장면

을 잿더미로 만들고 있었다.

내 마음속에는 두 가지 감정이 동시에 밀려왔다. 하나는 거대한 자연 앞에서 느끼는 압도적인 두려움이었다. 우리가 아무리 노력해도 막을 수 없는 힘이 존재한다는 사실은 뼛속 깊이 차갑게 파고들었다.

다른 하나는 이루 말할 수 없는 안타까움이었다. 저 불길 속에 단순한 건물이나 나무가 있는 것이 아니라, 우리 선조들의 삶과 숨결, 그들이 남기고자 했던 의미와 기록이 함께 타오르고 있다는 사실이 나를 더욱 아프게 했다. 나는 TV 앞에서 손을 움켜쥔 채 속으로 수없이 되뇌었다.

'이건 내가 늘 지키겠다고 다짐했던 바로 그 대상들 아닌가. 경복궁의 기와지붕, 창덕궁의 돌계단, 탑골공원의 석탑과 비석… 그 모든 것들이 언제든 이

불길 같은 재난 앞에 놓일 수 있겠구나.'

　그 생각이 머리를 스치자, 가슴이 철렁 내려앉았다. 지금 내가 보고 있는 것은 단지 안동에서 벌어진 하나의 사건이 아니라, 앞으로 우리가 계속 마주하게 될지도 모르는 미래의 한 단면이었다. 몸이 마치 차갑게 굳은 돌덩이처럼 움직이지 않았다.

　눈앞의 텔레비전 화면은 단순한 뉴스 보도가 아니라, 내 가슴을 짓누르는 현실 그 자체였다. 불길이 삼켜버린 숲과 검게 타들어 가는 건물들, 그리고 문화재의 잔해가 연기 속에 가려지는 순간마다, 내 심장은 더욱 세게 죄어들었다. 나는 해설사로서, 지킴이로서 수없이 말해왔다.

　"문화유산은 우리가 반드시 지켜야 할 소중한 자산입니다."

　그토록 자신 있게 했던 말이, 지금 이 현실 앞에서 허공 속에 공허하게 울렸다. 무자비한 자연재해 앞에서 내가 얼마나 작은 존재인지, 내 목소리가 얼마나 쉽게 묻혀버릴 수 있는지 절감할 수밖에 없었다. 그러나 그 순간 내 마음속에서는 낯선 감정이 치밀어 올랐다. 단순한 무력감이나 절망감이 아니었다. 오히려 그 감정은 나를 일으켜 세우려는 힘에 가까웠다.

　그 앞에서 나는 두려움과 안타까움 사이에 서 있었다. 자연 앞에서 인간의 힘이 얼마나 미약한지 절감하면서도, 동시에 타오르는 불길 속에 선조들의 숨결과 기록이 함께 사라져 간다는 사실에 가슴이 미어졌다. 그 순간 내 마음속에서 낮은 목소리가 울려 퍼졌다.

유튜브 촬영 얼마 후 실제 전국 산불이 나서 국가유산이 심각한 손실을 봤다는 사실에 안타까웠고 학교에서 친구들과 선생님들에게 알리고 홍보하였다.

"이제는 내가 행동해야 한다."

나는 스스로에게 물었다.

"내가 진짜 지킴이라면, 단지 설명만 하고 있을 때인가? 말로만 경고할 때인가?"

답은 분명했다. 문화유산을 지킨다는 것은 단순히 과거를 소개하는 일이 아니었다. 그것은 현재의 위협과 맞서 싸우고, 미래 세대의 자산을 책임지는 일이었다.

안동 산불은 내 안에 공포와 동시에 책임감을 남겼다. 나는 더 이상 단순한 해설사로 머물 수 없었다. '지킴이'라는 이름은 건물의 기와와 돌계단을 넘어, 그것을 둘러싼 숲과 공기, 땅과 사람의 삶까지 함께 품어야 한다는 의미였다. 그날 밤, 불길은 내게 질문을 던졌다.

"너는 이제 무엇을 할 것이냐?"

나는 그 물음 앞에서 주저앉을 수 없었다. 내가 살아가야 할 길은 분명했다. 문화유산을 지키는 것은 곧 환경을 지키는 일이며, 기후 위기에 맞서는 일이다. 그 깨달음은 단순한 활동이 아니라, 앞으로 내가 어떤 삶을 살아가야 하는지를 가리키는 길이기도 했다.

산불로 위협받은 문화유산 피해를 알리기 위한 클럽 활동

학교에서 일어난 기적, 모금의 씨앗

안동 산불 소식은 단순한 뉴스가 아니었다. 텔레비전 화면 속 타오르는 불길은 내 마음을 무겁게 짓눌렀다. "문화유산을 지킨다"라는 말이 공허한 구호로만 남지 않으려면, 지금 이 순간 내가 무엇을 할 수 있을지 스스로에게 물어야 했다. 오랜 고민 끝에 떠올린 답은 단순했다.

모금 운동.

여기까지 생각을 한 나는 CIC 친구들에게 조심스럽게 제안을 하기 시작했다.

"우리, 안동 산불 피해 복구를 위해 모금을 해보면 어떨까?"

잠시 놀란 눈빛이 오갔지만, 곧 모두의 표정에 진지함으로 바뀐 것은 순간이었다. 그들은 나처럼 산불 소식에 충격을 받았던 것이었다. 한 친구의 말은

나의 손끝에서 피어나는 국가유산

엄청난 관심을 받는 모금활동이 되었다.

불씨처럼 번져나갔다.

"그래, 우리라도 뭔가 해야지. 그냥 보고만 있을 순 없잖아."

우리는 〈ROUND SQUARE DAY〉라고 〈클럽 홍보의 날〉에 전국 피해 상황과 그곳에 있는 국가유산에 대한 피해를 설명한 패널을 만들어서 기금모금을 했다.

"횡성 산불 피해 복구와 문화유산 보호를 위한 기금입니다."

뜻밖에도 모두의 반응은 뜨거웠다. 어떤 학생은 자신의 하루 용돈을 내놓았고, 선생님들과 학부모님들도 적극 동참해 주셨다. 고등학교 1층 모금함과 모금 계좌에는 학생들이 삼삼오오 모여 지폐와 동전을 넣었고 기금을 보내왔다. 작은 동아리 차원의 움직임은 곧 학교 전체의 열기로 확산되었다.

작은 불씨는 결국 큰 불길이 되어, CIC가 모은 금액은 150만 원, 학교 전체 모금액은 600만 원에 이르렀다. 그 성금은 피해 주민들과 문화유산 복구를 위해 공신력 있는 단체를 통해 전달되었다.

하지만 무엇보다 값진 것은, 돈의 액수가 아니라, "우리의 목소리와 행동이 세상에 닿았다"라는 확신이었다. 그때쯤 내 마음속에는 또 다른 생각이 스쳤다. 단순히 집과 생계를 잃은 주민만이 아니라, 함께 불길에 위협받은 문화유산 피해에 대한 것 역시 알리고 싶었다.

"애들아, 산불로 위협받은 문화유산 피해에 대해서도 알리는 것은 어때?"

그 제안은 잠시 정적을 불러왔지만, 곧 친구들의 고개가 천천히 끄덕여졌다.

"좋아, 우리가 지키는 건 단순한 건물이 아니라 그 안에 담긴 역사와 정신이지."

"우리가 먼저 이야기하면, 다른 사람들도 생각할 수 있잖아."

나의 이 제안을 기꺼이 받아준 친구들과 클럽 담당 선생님의 따뜻한 격려도 내게 큰 힘이 되어 돌아왔다. 그리고 모두 나와 비슷한 생각을 하고 있다

주도적으로 이루어진 성금 활동으로 모아진 200여만 원과 함께 학교 전체 금액 653만 원을 인천 지구 굿네이버스에 기탁하여 산불 이재민과 국가유산 손실 보호에 조금이나마 힘을 모을 수 있었다.

는 것에 나는 마음이 뜨거워지는 것을 느꼈다.

"이건 단순한 모금에서 끝나는 게 아니라, 너희의 정체성과 연결된 일이야. 끝까지 해보렴."

"문화유산도 함께 지켜야 합니다."

불길에 삼켜진 산의 모습과 함께한 프리젠테이션은 초등학생들의 시선을 사로잡았다. 일주일마다 하는 초등학교 전체 회의 시간에 나는 강당에 올라가 초등학교 동생들에게 직접 설명했다.

"문화유산은 단순한 건축물이 아니라, 후대가 물려받아야 할 삶의 흔적이에요."

말과 실천이 하나가 된 순간

나는 유튜브 촬영에서 말했다.

"문화유산은 기후변화 앞에서 단숨에 사라질 수 있다. 그래서 지금 우리가 지켜야 한다."

그 말은 스크립트 속 문장이 아니었다. 탑골공원에서 쓰레기를 주웠던 경험과 경복궁에서 외국인들에게 해설했던 순간, 그리고 어르신들에게 무료 급식을 나누며 느꼈던 배움이 응축된 진심이었다. 안동, 횡성 산불은 그 진심을 잔혹할 만큼 현실로 증명했다.

그리고 우리는 행동했다. 작은 정성이 모여 수백만 원의 울림으로 이어졌고, 굿네이버스에 기금을 기탁 하는 과정에서 나는 확신했다. 해설사의 언어와 지킴이의 실천은 따로 존재하지 않는다. 그 둘은 내 삶 속에서 맞닿아 있었고, 함께 더 단단한 울림을 만들어내고 있었다.

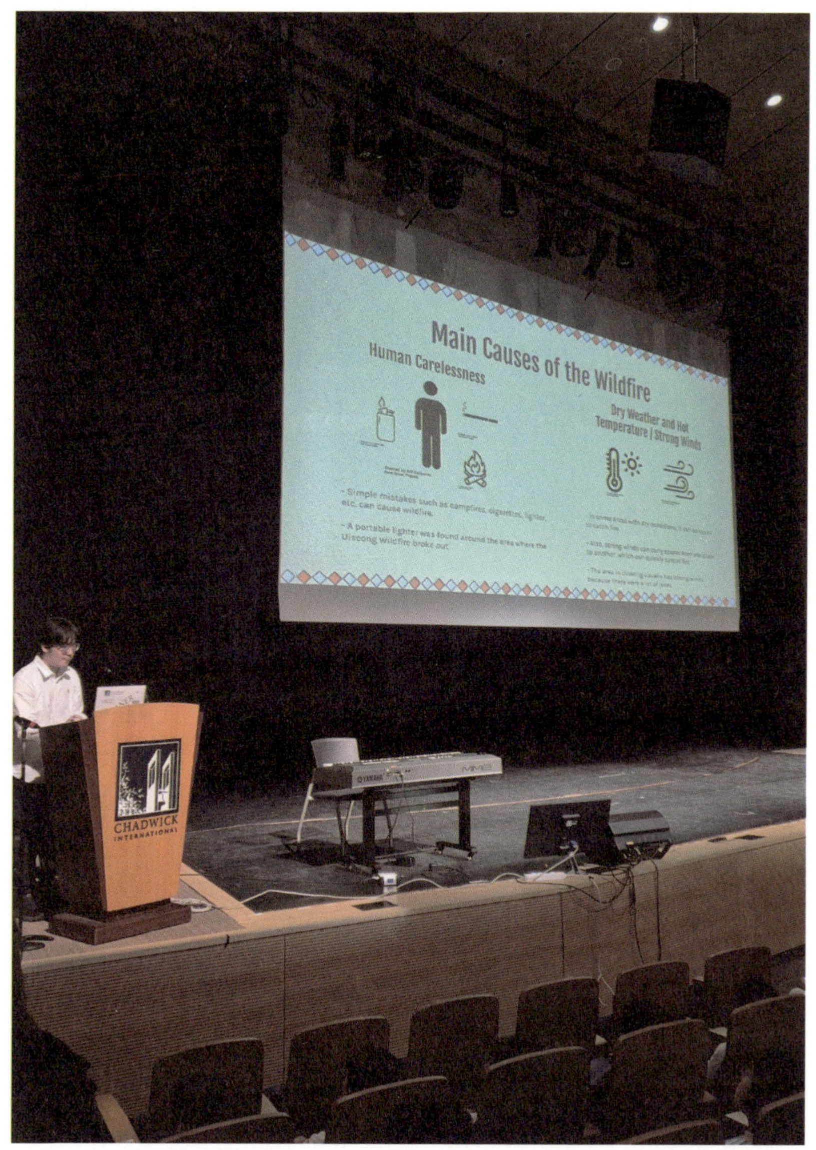

나의 생각, 활동, 실천을 학교에서 강연할 기회가 생겨 500명 앞에서 프리젠테이션을 했다.

자연재해로 인한 국가유산의 피해에 대해서도 설명했다.

CIC, 국가유산청장상을 받다

“이번엔 우리가 어떤 프로그램을 만들까?”

“어떻게 하면 더 많은 사람들에게 활동을 알릴 수 있을까?”

청소년국가유산지킴이 클럽으로서 우리 CIC는 2024년 11월 2일 국가유산청장상을 표창하고 선생님 도 단체연합회장단상을 수상하셨다.

솔직히 말해서 나는 그 말들을 들으며 조금 놀랐다. 처음에는 나 혼자 품었던 작은 씨앗이었는데, 이제는 친구들이 스스로 뿌리를 내리고 자라나는 나무가 된 듯했기 때문이다. 그 열정과 성실함은 결국 국가유산청으로부터 국가유산청장상을 받는 성과로 이어졌다. 상을 목표로 했던 것은 아니었다. 다만 '옳다고 믿는 일'을 묵묵히 해내다 보니, 마침내 사회적·국가적 인정으로 이어진 것이다.

상장을 손에 쥐던 순간부터 시작해 수많은 장면이 머릿속을 스쳐 갔다. 여름 땡볕 아래에서 쓰레기를 주우며 흘린 땀방울, 겨울날 차가운 물로 설거지하던 손의 통증, 무대 위에서 서로의 눈빛으로 용기를 주고받던 순간, 그리고 어르신이 건네주신 따뜻한 미소. 힘들고 지친 시간들이 하나의 결실로 이어

2025년 11월 1일, 우리 CIC는 2년 연속 국가유산청장상을 받고, 선생님도 국가유산청장상을 받는 큰 쾌거를 이루어냈다. 2024, 2025 연속 국가유산청장상을 수상했다.

나의 손끝에서 피어나는 국가유산

내 개인적으로 2024년 동상, CIC 클럽은 2025년 은상을 수상했다.

졌음을 느꼈다.

　무엇보다 감동적인 건 내 이름이 아니라 'CIC'라는 이름이 불렸다는 사실이었다. 혼자였다면 결코 이룰 수 없었을 일들이, 함께였기에 가능했다. 상은 하나의 상패가 아니라, 우리가 함께 걸어온 시간에 대한 증명서였다.

낙선재 100년의 시간과 풍경

2025년 10월 8일, 가을 하늘이 너무나 맑고 화창한 날이었다. 그날은 바로 가을 궁중문화축전의 대단원을 첫 페이지를 장식하는 행사, '낙선재 100년의 시간과 풍경'의 개막식이 열리는 날이었다. 우리 CIC는 이 뜻깊은 행사에서 영어 통역을 맡았다. 그저 팻말에 적힌 언어를 옮기는 일이 아니라, '낙선재'라는 이 공간이 품고 있는 100년의 시간, 그리고 그 안에 스며든 사람들의 이야기. 이곳을 찾는 세계인들에게 이 모든 것을 전하는 역할이었다. 그 책임감은 무겁고, 동시에 설렜다.

행사 전부터 나는 환영사와 축사 통역을 준비는 물론 낙선재 영어 도슨트 활동을 위해 수많은 자료를 찾아 읽어나갔다. 단어 하나부터 시작해, 문장 한 줄까지. 번역할 때마다 단순히 정확한 의미만이 아니라 그 안에 담긴 '감정의 결'까지 살리고 싶었다. 그래서 우리 근현대사 속에서 낙선재가 어떤 의미를 지녔는지를 더 깊이 공부하기 시작했다.

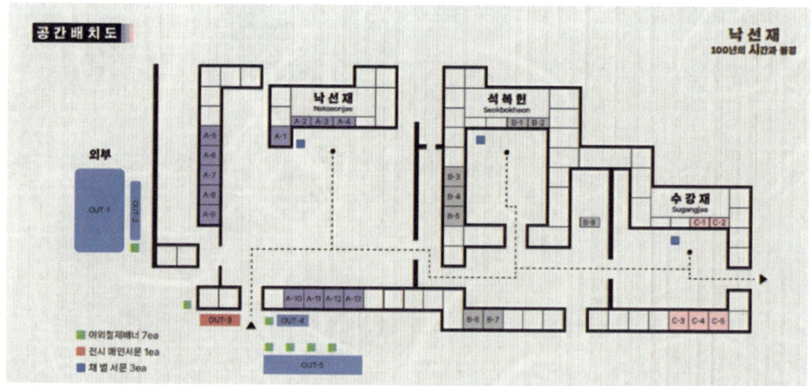

낙선재, 석복헌, 수강재 세 곳에서 5일 동안 20명의 CIC단원이 오전 10시~오후 5시까지 총 200여 시간을 열심히 영어 도슨트 활동을 했다. 세계 여러 나라 사람들에게 한국의 역사와 문화를 알리는 민간 외교관으로서 역할을 했다고 자부한다.

낙선재는 단순히 궁궐의 일부가 아니라, 격동의 시기를 버텨온 '역사의 증인'이라고 할 수 있었다. 조선의 마지막 황실이 남긴 여운. 그 속에서 순정효황후, 의민황태자비 이방자 여사, 그리고 덕혜옹주가 살아낸 시간은 단순히 개인의 비극이 아니라 한 시대의 초상과도 같았기 때문이다.

'낙선재 100년의 시간과 풍경'은 바로 그들을 기리는 자리였다. 대비마마로서 편한 대비전을 마다하고 낙선재 석복헌으로 100년 전 자리를 옮기신 순정효황후의 절제된 품격. 일본 제국의 구황족이지만 영친왕의 부인으로 남편의 나라로 와 '이방자'로 귀화하고 마지막 생을 낙선재에서 살면서 대한민국 국민을 위한 자선사업을 하면서 살다가 생을 마감하신 의민황태자비. 그리고 고종의 막내딸로 태어나 사랑을 받다가 일본으로 시집을 가서 끝내 조국을 그리워해서 돌아와 수강재에 머물던 덕혜옹주가 겪었던 고독과 그 안에서도 꺾이지 않았던 기품.

이번 전시는 그들의 삶과 정신을 다시금 비춰보는 동시에, 낙선재가 100년 동안 어떻게 시대의 변화를 품으며 살아왔는지를 보여주는 행사였다. CIC로 활동하던 우리는 그 현장에서 외국인 관람객을 위한 통역과 안내, 그리고 체험 프로그램 소개를 맡았다. 단순한 참여가 아닌, '우리의 역사와 문화'를 직접 세상에 전하는 사명이었다.

사실 나는 그보다 앞서 국가유산 알리미로 활동한 경험이 있었다. 하지만 이번 낙선재 행사는 그때와는 전혀 다른 의미로 다가왔다. 알리미로서 활동하여 '지식'을 전했다면, 이제 나는 '이야기'를 전하고 있었다. 단순히 사실을 설명하는 것을 넘어, 그 안에 깃든 정신과 감정을 전달해야 했기 때문이다. 그래서일까. 이번 행사는 내게 단순한 봉사나 통역 활동이 아닌 '사명감의 무

2025 궁중문화축전 〈낙선재 100년의 시간과 풍경〉 오프닝에서 나는 동시통역으로 이 행사의 의미를 외국인 관광객들에게도 알려 호평을 받았다.

나의 손끝에서 피어나는 국가유산

대'처럼 느껴졌다.

　행사 당일, 우리의 방문에 100년이라는 역사를 꿋꿋하게 버틴 낙선재가 기지개를 킨 것처럼 하늘은 따가울 정도로 맑았고 개장 시간인 9시 전부터 줄을 서서 내외국인 할 것 없이 인산인해를 이뤘다. 그동안 문화유산해설사를 하면서 창덕궁에 이렇게 많은 인원은 처음 볼 정도였다.

　개막식은 대성공이었다. 나의 통역 실력 역시 모두가 칭찬하고 다시 한번 대한황실문화원에서도 앞으로 행사에 매번 도움을 요청하겠다고 할 정도였다. 어떤 외국 관계자는 덕분에 현존하는 후손의 어린 시절 사연과 이방자 여사와의 이야기를 듣고 아련함을 느낄 수 있었다면서 통역에 찬사를 보내

낙선재에서 외국인에게 해설(도슨트)하는 모습

주셨다. 궁중문화축전의 첫째 날은 그렇게 성공적으로 지나갔다.

하늘이 유독 무겁게 내려앉은 어느 날이었다. 가을비가 잔잔히 낙선재의 기와 위를 두드렸고, 공기에는 축축한 흙냄새와 나무 냄새가 섞여 있었다. '오늘 같은 날, 사람들이 과연 찾아올까?' 하는 걱정이 스쳤지만, 기우였다. 빗방울을 맞으며 우산을 든 사람들, 손을 꼭 잡은 가족들, 그리고 외국인 관광객들이 하나둘 낙선재로 향하고 있었다. 그 모습을 보는 순간, 나는 오히려 더 큰 책임감이 밀려오기 시작했다. 비를 뚫고 찾아온 그들에게 오늘의 이야기를 제대로 들려줘야 한다는 마음이 들었다. 천천히 입을 열었다.

"Welcome to Nakseonjae, a place where the quiet resilience of the Korean royal family has endured for more than a century.(한국 왕실의 조용한 회복력이 한 세기 넘게 견뎌온 낙선재에 오신 것을 환영합니다.)"

영어로 한 문장 한 문장씩 해설을 이어나가며, 낙선재가 걸어온 시간을 마음으로 느끼게 하고 싶었다. 순정효황후의 이야기를 할 때는 목소리가 자연스레 낮아졌고, 덕혜옹주의 이야기를 할 때는 눈시울이 조금 붉어졌다. 외국인 관광객들이 내 말을 듣고 고개를 끄덕이거나 눈빛을 반짝이며 집중하는 모습을 보였다. 그 모습을 보니 느낄 수 있었다. 그들의 마음에도 이 역사적 공간의 울림이 닿고 있음을 말이다.

무엇보다 인상적이었던 건, 굳은 날씨에도 단 한 사람도 자리를 떠나지 않았다는 사실이었다. 비가 조금씩 굵어졌지만, 모두가 조용히 우산을 쓴 채 내 해설에 귀를 기울였다. 그들의 눈빛 속에는 단순한 '관심'이 아닌 '존중'이

나의 손끝에서 피어나는 국가유산

담겨 있었다. 그 순간 나는 설명자가 아니라, 낙선재를 대신해 그들의 귀와
마음을 잇는 ‘다리’가 된 것 같았다.

행사가 끝나갈 무렵이었다. 빗줄기 사이로 낙선재의 기와가 은빛으로 반짝
였다. 나는 그 장면을 오래도록 바라보았다. 마치 낙선재가 100년이라는 시
간을 넘어, 오늘을 살아가는 우리에게 조용히 말을 건네는 듯했다. “지켜줘
서 고맙다”라는 속삭임처럼 들렸다. 그날 이후 나는 문화유산을 지킨다는 것
이 단순히 ‘보존’의 의미가 아니라, ‘이해’와 ‘공유’의 과정이라는 것을 다시금
깨달았다.

비 내리던 그날의 낙선재란, 내게 단순한 무대가 아니라 ‘시간과 마음이
교차하는 장소’였다. 그리고 나는 그 자리에서 또 한 번, 청소년국가유산지
킴이로서의 사명과 자부심을 새롭게 마음속에 새겼다. 그렇게 10월 8일부
터 12일까지 5일 동안 우리 CIC는 총 20명이 224시간의 활동을 하는 성과
를 보였다.

이런 활동들이 바로 내가 하고 있는 청소년국가유산지킴이라는 활동이다.
이 모든 것은 선한 영향력을 주기 위한 발걸음으로 또 한 번 크게 앞으로 나
아갔고 대한황실문화원에서는 우리에게 감사장을 수여했다. 또한 내게 대한
황실문화원의 배지를 달아주시면서 청년들에게 우리 문화에 관심을 갖게 해
준 것에 대한 고마움을 전하셨다. 굉장히 뜻깊은 상장이었다.

지금까지도 그래왔듯, 앞으로도 청소년국가유산지킴이로서 활동했던 시
간들. 이 소중한 경험들이 모여 내 삶의 나침판이 되어 새로운 세상을 향해

나아가는 데 중심을 잡을 수 있도록 방향을 제시해 주는 '자랑스러운 시간'
이라고 생각한다.

2025 궁중문화축전 〈낙선재 100년의 시간과 풍경〉 현장에서 우리 CIC의 영어 도슨트 활동에 좋은 마음을 담아 감사장을 전했다.

나의 손끝에서 피어나는 국가유산

숫자보다 깊은 진정한 지킴이의 의미

활동을 이어가는 동안 나 혼자만의 봉사시간은 어느새 500시간에 육박했다. CIC 전체 누적 시간 역시 1,000시간을 넘겼다. 하지만 그 시간은 단순한 숫자가 아니었다. 땀에 젖은 티셔츠, 거칠어진 손, 쓰레기를 줍다 터져 나온 웃음, 그리고 위기 앞에서 나눈 연대가 모두 그 안에 담겨 있었다.

매년 삼일절 그날을 되새기려 탑골공원 팔각정에서 독립선언문을 읽으면서 우리에게 독립이 얼마나 귀한 것인지 이 땅에 서 있는 것이 얼마나 감사한지 되새기고 있다. 아리랑TV에서 촬영하는 모습

CIC가 국가유산청장상을 받던 날, 나는 다시 한번 깨달았다. '청소년국가
유산지킴이'라는 이름은 단순한 봉사자의 호칭이 아니다. 그것은 책임과 사
명, 그리고 미래 세대에까지 이어져야 할 약속이었다. 우리는 단순히 돌과 건
축물을 보존하는 사람들이 아니라, 그 안에 담긴 정신과 가치, 그리고 사람
과 사람을 잇는 다리였다.

상을 받으며 나는 스스로에게 다짐했다.

"여기서 멈추지 않겠다. 좀 더 많은 사람들과 함께, 더 많은 세대와 연결되
며 한국의 문화유산을 지키고 나누는 삶을 이어가겠다."

국가유산은 과거의 흔적이 아니라, 오늘 우리가 지켜야 할 현재이며, 미래
세대에게 전해 주어야 할 선물이다. 그리고 내 개인으로든 CIC의 이름으로든
받아 든 상들은 내 신념과 인생 철학을 증명하는 인생 첫 장의 기록이었다.
앞으로도 내가 어디에 있든 무엇을 하든 사회에 공헌하는 마음으로 계속될
것이다.

나의 손끝에서 피어나는 국가유산

cic_chadwick ⌄ ●

24	**61**	**11**
게시물	팔로워	팔로잉

채드윅 청소년 문화재지킴이
Chadwick International Culture protector
우리 문화재를 우리 손으로 알리는 채드윅송도국제학교 (문화재청)문화재지킴이 동아리 CIC의 활동을 지켜봐주세요 🇰🇷

프로필 편집	프로필 공유	+茶

우리 CIC의 피와 땀 그리고 눈물이 담긴 SNS

탑골공원 내 팔각정 안쪽 가운데 모습

우리나라 독립운동의 역사를 품은 팔각정 안쪽에 이토록 예쁘고 정갈한 아름다움이 숨 쉬고 있다.

탑골공원 내 남문과 동문 사이에 민족의 저항 모습을 새긴 청동상

남녀노소 불문하고 모두가 하나로 독립을 염원했기에 우리나라를 되찾을 수 있었고 우리는 대한민국에 살고 있다.

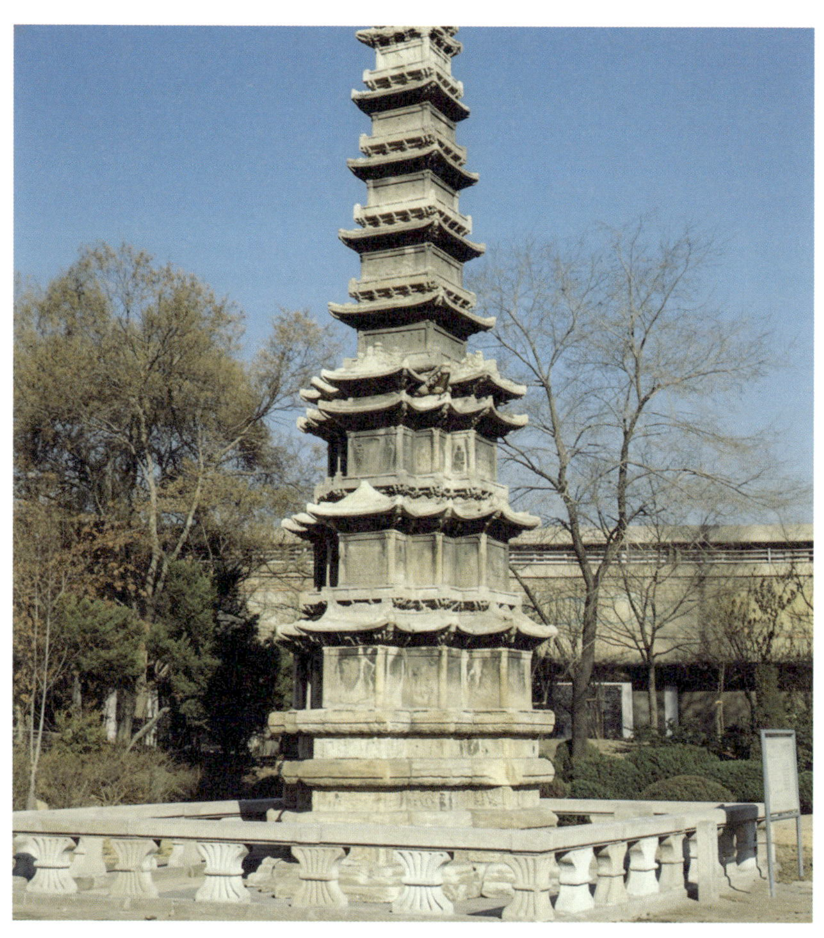

탑골공원 내 원각사지십층석탑

1946년 복원된 모습. 조선 세조 13년인 1467년에 왕명으로 원각사가 지어질 때 함께 건조된 석탑. 새똥뿐만 아니라 현대에는 산성비와 매연으로 인해 1998년부 터는 석탑을 유리로 둘러싸 보존하고 있다.

책을 마치며

도와주신 모든 분들께 감사드리고 함께했던 CIC 친구들, 함께할 CIC 후배들 그리고 우리나라를 지켜주신 모든 분들께 이 책을 바칩니다.